Susan Stephens
Caricias y diamantes

Editado por Harlequin Ibérica.
Una división de HarperCollins Ibérica, S.A.
Núñez de Balboa, 56
28001 Madrid

© 2014 Susan Stephens
© 2015 Harlequin Ibérica, una división de HarperCollins Ibérica, S.A.
Caricias y diamantes, n.º 2426 - 18.11.15
Título original: The Purest of Diamonds?
Publicada originalmente por Mills & Boon®, Ltd., Londres.

I.S.B.N.: 978-84-687-6746-8
Depósito legal: M-28093-2015
Impresión en CPI (Barcelona)
Fecha impresion para Argentina: 16.5.16
Distribuidor exclusivo para España: LOGISTA
Distribuidor para México: CODIPLYRSA
Distribuidores para Argentina: Interior, DGP, S.A. Alvarado 2118.
Cap. Fed./Buenos Aires y Gran Buenos Aires, VACCARO HNOS.

Capítulo 1

LA TENSIÓN atenazó las entrañas de Leila cuando miró por la ventanilla del taxi y vio los invitados que entraban en el hotel. No era la mejor época del año para celebrar algo en Skavanga. El pueblo de Leila, estaba más allá del Círculo Polar Ártico, pero cuando su hermana Britt daba una fiesta, a nadie le importaba el tiempo. Las mujeres tenían que llevar tacones de vértigo y vestidos ceñidos y los hombres escondían los trajes oscuros bajo abrigos de alpaca y pañuelos de seda. Ella era la única de las tres hermanas Skavanga que no destacaba en las fiestas. Su fuerte no era la conversación intrascendente. Prefería estar en su despacho, en el sótano del museo de la minería, donde reunía información fascinante...Tenía que relajarse. Britt le había prestado un vestido precioso y unas sandalias con tacón de aguja, y tenía una chaqueta forrada de piel de borrego. Solo tenía que entrar en el hotel y perderse entre el bullicio.

–¡Que se divierta! –le deseó el taxista mientras ella le pagaba–. Siento no haber podido acercarla más al hotel, pero nunca había visto tantos taxis.

–No se preocupe. Está bien...

–¡Cuidado! ¡No se resbale...!

Demasiado tarde.

–¿Está bien? –le preguntó el taxista asomando la cabeza por la ventanilla.

–Estoy bien, gracias.

Era una mentirosa. Había dado unos pasos sobre el hielo que habrían sido la envidia de una estrella del patinaje, si esa estrella era un payaso, claro. El taxista sacudió la cabeza.

—Las carreteras están heladas.

Ya se había dado cuenta. Estaba caída junto al taxi, le dolían los tobillos y, afortunadamente, el vestido era azul marino y no se notaría mucho el barro, podría limpiárselo fácilmente. Se levantó y esperó a encontrar un hueco entre el tráfico, como el taxista.

—¿Esos no son los tres hombres del consorcio que salvó el pueblo? —le preguntó él señalándolos.

A ella se le paró el pulso. Efectivamente, por las escaleras subían el marido de su hermana mayor, el jeque de Kareshi, el prometido de su hermana intermedia, el conde Roman Quisvada, un italiano increíblemente guapo, y el tercer hombre del consorcio, el peligrosamente atractivo y sin pareja Rafa León, quien le dirigió una mirada como un misil a su objetivo. Ella sacudió la cabeza con impaciencia por haberse permitido fantasear por un instante. Era la hermana tímida y virginal de una familia de mujeres arrojadas y Rafa irradiaba peligro por todos los poros. Hasta la mujer más experimentada se lo pensaría dos veces antes de caer en sus brazos y ella solo era una pueblerina apocada. Sin embargo, el taxista tenía razón cuando decía que esos tres hombres habían salvado al pueblo. Sus dos hermanas, Britt y Eva, Tyr, su hermano desaparecido desde hacía mucho tiempo, y ella habían sido los dueños de la mina de Skavanga, pero cuando se acabaron los minerales y se encontraron diamantes, no pudieron pagar el equipo especializado que se necesitaba para extraer las piedras preciosas. El pueblo de Skavanga siempre había dependido de la mina y el porvenir de todos sus habitantes quedó en el aire. Fue un alivio inmenso que el consorcio participase y salvara tanto a la mina como al pueblo.

–Si se da prisa, todavía queda un multimillonario –comentó el taxista guiñándole un ojo–. Creo que los otros dos ya están casados o a punto de estarlo.

–Sí –ella sonrió–. Con mis hermanas...

–Entonces, ¡usted es uno de los famosos Diamantes de Skavanga! –exclamó el taxista sin disimular lo impresionado que estaba.

–Así nos llaman –reconoció Leila riéndose–. Soy la piedra más pequeña y con más defectos...

–Lo que la convierte en la más interesante para mí –le interrumpió el taxista–. Además, todavía queda un multimillonario libre para usted.

Le encantaba su sentido del humor y no podía dejar de reírse.

–Todavía me queda algo de sensatez –replicó ella–. Además, no soy del tipo de Rafa León, afortunadamente –añadió ella con un suspiro muy teatral.

–Tiene cierta... reputación, pero no hay que creerse todo lo que dice la prensa.

Leila se acordó de que las revistas del corazón habían llegado a decir que las tres hermanas monopolizaban el escenario mundial y tuvo que estar de acuerdo con él. El único escenario que monopolizaba ella era el de la parada del autobús cuando iba a trabajar.

–Recuerde una cosa –añadió el taxista–. A los multimillonarios les gusta casarse con alguien normal. Quieren una vida tranquila en casa, ya tienen bastantes emociones en la oficina. No se ofenda –añadió inmediatamente–. Lo digo como un halago. Parece una chica tranquila y agradable, nada más.

–No me ofendo –ella se rio con una carcajada–. Tenga cuidado con el hielo, me parece que le queda una noche larga y fría por delante.

–Es verdad. Buenas noches y diviértase en la fiesta.

–Lo haré –aseguró ella.

Sin embargo, antes tendría que pasar por el cuarto de baño para limpiarse el vestido. Las fiestas no le entusiasmaban, pero tampoco quería dejar mal a sus glamurosas hermanas. Cruzó la calle y se perdió entre las sombras. Rafa León estaba en lo alto de las escaleras mirando la calle. Seguramente, estaría esperando a que alguna mujer sofisticada se bajara de una limusina. ¡Era impresionante! Sin embargo, no podía entrar sin pasar desapercibida. Aunque, por otro lado, solo tenía que elegir el momento y pasar de largo. Él no se fijaría en ella. Rafa estaba mirando hacia un lado y ella estaba subiendo las escaleras de dos en dos por el contrario, hasta que pisó una placa de hielo, soltó un grito y se preparó para el batacazo.

–¡Leila Skavanga!

Se quedó muda cuando el hombre más increíblemente guapo del mundo dejó su rostro a unos centímetros del de ella.

–¡Rafa León! –exclamó ella fingiendo sorpresa–. Discúlpame, no te había visto...

Si había unos brazos en los que no quería caer esa noche, esos eran los de él, pero Rafa estaba agarrándola con tanta fuerza que no tenía más remedio que quedarse donde estaba y con la sangre bulléndole en las venas y en otros muchos sitios. Se quedó inmóvil e intentó no respirar para que él no oliera el sándwich de queso que se había zampado antes. Él, en cambio, olía de maravilla y esos ojos...

–Gracias –dijo ella recuperando el juicio mientras él la soltaba.

–Me alegro de haberte agarrado.

Tenía una voz grave, sexy y con cierto acento.

–Yo también me alegro.

–No te habrás torcido el tobillo, ¿verdad?

Ese hombre alto, guapo y moreno por antonomasia estaba mirándole las piernas. Ella, que sabía que tenía los muslos hechos un asco, se alisó el vestido.

–No, estoy bien.

Giró los pies como si quisiera demostrarlo y se sintió ridícula. Él hacía que se sintiera patosa.

–Ya nos conocemos –comentó él encogiendo sus sexys hombros.

–Sí, nos conocimos en la boda de Britt. Me alegro de verte otra vez.

No solo olía de maravilla y era irresistible, sino que los ojos maliciosos y la energía que irradiaba parecían de otro mundo. Ese encuentro la desasosegaba y anhelaba escapar, pero Rafa parecía no tener prisa. En realidad, estaba mirándola como si fuese una pieza de museo. ¿Se le habría corrido el maquillaje? No sabía maquillarse bien... ¡Peor aún! ¿Tendría trocitos de sándwich entre los dientes? Cerró la boca e intentó comprobarlo con la lengua.

–No solo nos conocemos, sino que somos casi familiares, Leila.

–¿Cómo dices...? –cuando Rafa la miraba no podía pensar con claridad–. ¿Familiares?

–Sí –contestó Rafa en español–. Ahora que el segundo integrante del consorcio va a casarse con una hermana Skavanga, solo quedamos nosotros dos. No hace falta que pongas esa cara, solo quería decir que, a lo mejor, podríamos conocernos un poco mejor.

¿Por qué iba a querer conocerla ese hombre triunfador y devastadoramente guapo?

–No... tengo muchas acciones... de la empresa... –balbució ella con recelo.

Rafa se rio y ella se quedó sin aliento cuando él se inclinó sobre su mano.

–No tengo intención de robarte las acciones, Leila.

¿Cómo era posible que el roce de unos labios sobre el dorso de una mano despertara tantas sensaciones? Había leído sobre cosas así. Sus hermanas, antes de casarse o prometerse, habían hablado mucho sobre encuentros románticos, pero era un mundo desconocido para ella. Aunque, en realidad, Rafa no quería ser romántico, solo quería que se sintiese cómoda. Entonces, ¿por qué estaba consiguiendo todo lo contrario? La gente seguía subiendo, los empujaba y hacía que la conversación fuese imposible, tan imposible como que se separaran. Se le daba muy mal la conversación trivial. Podía hablar del tiempo, pero siempre hacía frío en Skavanga y la conversación no duraría más de diez segundos. Sin embargo, era una fiesta de las hermanas Skavanga y Rafa era su invitado...

—Espero que estés disfrutando de tu viaje a Skavanga.

A él pareció divertirle su forma de romper el hielo.

—Ahora, sí —replicó él con una sonrisa que habría conseguido que Hollywood se rindiera a sus pies—. Hasta esta noche, no he dejado de tener reuniones de trabajo. Acabo de salir de una.

—Entonces, ¿te alojas en este hotel?

Ella se sonrojó cuando Rafa la miró con el ceño ligeramente fruncido. Seguramente, había pensado que estaba insinuándose cuando solo era el típico ejemplo de que era negada para la conversación intrascendente. Afortunadamente, Rafa estaba mirando alrededor para ver si podían entrar sin que los aplastaran.

—Creo que la cosa se ha calmado un poco, ¿entramos?

—Puedo arreglármelas sola... —replicó ella suponiendo que él quería largarse.

—No te preocupes tanto, Leila —insistió él sonriendo—. La fiesta va a encantarte. Confía en mí...

¿Que confiara en Rafa León cuando todo el mundo conocía su reputación?

–Será mejor que encuentre a mis hermanas, pero gracias por tranquilizarme... y por tu ayuda providencial –añadió ella con una sonrisa.

–No hay de qué.

Tenía unos ojos negros, cálidos y luminosos que le llegaban muy hondo si se tenía en cuenta que Rafa León era casi un desconocido. Eso solo la convencía más de que tenía que ajustarse al plan previsto; a beber algo rápido con sus hermanas, a cenar, a charlar un rato y a largarse en cuanto fuese posible sin resultar maleducada.

–Estás temblando, Leila...

Era verdad y no se había dado cuenta hasta ese momento. Ella se mordió el labio inferior para dejar de pensar en que, si temblaba, no era porque hiciese un frío gélido.

–Toma, ponte mi abrigo...

–No, yo...

Demasiado tarde. Ella llevaba una chaqueta magnífica, pero Rafa era muy rápido y ya tenía su abrigo sobre los hombros, y no podía negar que sentía su calor corporal en el abrigo y que olía el leve aroma de su colonia.

–Por cierto, ¿cómo te has manchado el vestido, Leila?

Decidió hacer una broma ya que se fijaba en todo.

–Yo... umm... me desvanecí un momento.

–Vaya, creía que te había salvado –comentó él entre risas.

–Casi.

–La próxima vez, tendré que hacerlo mejor.

–Con un poco de suerte, no habrá próxima vez. Fue mi culpa por charlar con el taxista en vez de atender a lo que estaba haciendo.

–Espero que el... aterrizaje no fuese muy doloroso –replicó Rafa con una mirada de complicidad.

–Solo me dolió el orgullo.

–Creo que será mejor que entremos antes de que sufras otro accidente, ¿no te parece, Leila?

Su sonrisa era irresistiblemente sexy y tuvo que mirar hacia otro lado, pero le gustaba que un hombre se ocupara de ella, sobre todo, cuando era doña Independencia. No iba a acostumbrarse, pero tampoco iba a pasarle nada por disfrutar de su encanto durante unos minutos de esa noche especial. Además, estaba segura de que el señor León encontraría alguna excusa para abandonarla en cuanto entraran en el hotel.

Por fin había conocido a la tercera hermana Skavanga y había resultado ser toda una sorpresa. Leila, tensa pero graciosa, carecía por completo de seguridad en sí misma. No le extrañaba que no le divirtiera la fiesta, las sonrisas falsas y las conversaciones frívolas tampoco eran su diversión favorita. Era complicado ser el menor de una familia y él lo sabía muy bien, aunque se había librado de todas las restricciones que le impusieron cuando era muy joven. Tampoco era de extrañar que se hubiera convertido en un niño astuto cuando no había tenido padres y sí había tenido tres hermanos mayores que lo maltrataban y dos hermanas, también mayores, dispuestas a rematar la faena. Según su experiencia, si eras el hermano menor, solo podías acabar siendo de dos maneras, resuelto y inflexible como él o retraído y sumiso como Leila Skavanga.

–Primero encontraremos el cuarto de baño para que te limpies el vestido –propuso él en cuanto entraron en el hotel.

Leila lo miró y él se dio cuenta de que se sentía inusitadamente protector con ella.

–Era lo que había pensado –confirmó ella dejándole claro que podía cuidar de sí misma.

–¿Antes de que te interceptara?

–Antes de que me cayera en tus brazos –le corrigió ella.

Él se rio. Le gustaba el brillo desafiante de sus ojos. Leila tenía mucho más de lo que se veía a simple vista, pero, entonces, ella se sonrojó y miró hacia otro lado. ¿Por qué se abochornaba? ¿El contacto físico con él era excesivo? ¿Podía ser tan inocente? Su detector de ingenuidad le contestó que sí, aunque lo tenía oxidado por la falta de uso. Sus hermanas no se distinguían por ser tímidas y retraídas, lo cual hacía que Leila fuese más intrigante todavía. Además, cuando ella volvió a mirarlo, sus ojos, aparte de ser preciosos, estaban muy abiertos y reflejaban candidez. Él notó una reacción física inconfundible.

–Vamos a arreglarte para que puedas disfrutar de la fiesta –dijo él abriéndole paso entre el gentío.

Ella intentó disimular una sonrisa. La idea de que Rafa León la «arreglara» era muy tentadora, pero, gracias a Dios, tenía mejor juicio. La situación solo tenía una ventaja. Todo el mundo miraba a Rafa mientras cruzaban el vestíbulo y nadie se fijaba en ella ni en el barro de su vestido. Debería avergonzarse, pero ¿acaso no debería ser el año en el que se liberara? La consideraban la soñadora de la familia, la más calmada y la apaciguadora, y si quería liberarse de esa etiqueta tan cómoda, tenía que cambiar inmediatamente, pero todos los cambios no tenían por qué producirse esa noche. En realidad, sería más seguro que no se produjeran. Cuando decidió cambiar, no introdujo al diablo en la ecuación. Don Rafael León, duque de Cantalabria, no era el hombre más adecuado para foguearse. Ella había pensado en el equivalente moderno de un hombre con pipa y zapatillas, alguien transigente y afable, alguien seguro, y Rafa León no tenía nada de seguro. Entonces, ¿por qué era tan caballeroso con ella? Por su cortesía innata, claro, se contestó mientras él le tomaba las manos para llevarla debajo de una lámpara.

—¡Leila! ¡Es peor que lo que me había imaginado!

Él retrocedió un poco para mirarle el vestido y ella sintió una oleada abrasadora por dentro.

—¿Estás segura de que no te has hecho nada? —le preguntó él.

—Sí, nada en absoluto...

Ella solo quería seguir gozando un momento con la calidez y la fuerza de sus manos. Pensó que las suyas tendrían que parecerle frías y flácidas y apretó las de él con más fuerza, aunque las aflojó enseguida al darse cuenta de que le había mandado el mensaje equivocado.

—No voy a perderte de vista en toda la noche —comentó él con un brillo burlón en los ojos, como si supiera lo incómoda que se sentía ella por haberlo tocado—. No puedo arriesgarme a que sufras más accidentes.

—De acuerdo —murmuró ella sin dejar de mirarlo como una boba.

—¿El cuarto de baño, Leila?

—Claro... —ella se espabiló mentalmente—. Además, estoy bien y puedo apañarme.

—¿De verdad?

—Sin ti —confirmó ella con amabilidad.

¿Él no podía hacer caso a sus deseos?, se preguntó mientras Rafa la llevaba de la mano por el vestíbulo y la gente se apartaba a su paso como si fuese el mar Rojo.

—Rafa, estoy segura de que tendrás que hacer otras cosas y estar con otras personas.

—Sí, contigo para cerciorarme de que la noche acaba mejor de lo que ha empezado. Además, no estás reteniéndome, Leila. Es una excusa magnífica para librarme de una noche con gente que no conozco, que no quiero conocer y que no volveré a ver en mi vida.

Ella había sentido lo mismo cuando salió de su casa, pero porque era muy tímida entre desconocidos y ese no podía ser el problema de Rafa.

–He estado acordándome de la boda de Britt –reconoció él mientras esperaban en la fila del guardarropa–. Me acuerdo de que jugabas con las niñas que hacían de damitas de honor y que las tuviste muy entretenidas.

–Yo también me divertí. Me temo que nadie puede decir que sea sofisticada.

–Alguien podría decir que eres encantadora, Leila.

Su secreto de había desvelado. Le encantaban los niños. En realidad, le encantaban los niños y los animales más que a la mayoría de los adultos porque eran francos y a ella se le daban muy mal las complicaciones mentales.

–Nuestro turno –comentó Rafa con una mano en su espalda.

Se estremeció. Quizá fuese porque su mano era muy fuerte y el contacto muy delicado...

–Entonces, ¿te gustan los niños? –siguió él.

–Sí –se quitó el abrigo que le había prestado y miró a ese hombre que, probablemente, preferiría estar a mil kilómetros de allí–. Es más, estoy deseando tener hijos, pero no me interesa el hombre –añadió ella en tono defensivo.

–Sería complicado –replicó Rafa apretando los labios de una forma muy atractiva.

–¿Por qué? –preguntó ella con el ceño fruncido.

–Por una cuestión biológica.

Él esbozó una sonrisa maliciosa y ella decidió que era peligroso y que tenía que tener cuidado. Entonces, y afortunadamente, su impresionante hermana Britt entró en el hotel del brazo del atractivo jeque. Los vio inmediatamente, miró a Leila como si le preguntara qué hacía con él y giró la cabeza hacia los ascensores para indicarle que debería subir inmediatamente a la suite familiar antes de que se metiera en un lío con el hombre más peligroso de la ciudad. Ella miró a Britt con una sonrisa forzada que le preguntaba si era necesario. Su hermana se encogió de hombros. A Britt le daba igual. Iba muy bien acompañada, como Eva, su otra hermana, y sería muy bien recibida en cualquier reunión, mientras que ella solo sería un incordio si subía a la suite que Britt había reservado para la reunión previa a la fiesta.

–Guárdate bien la ficha, Leila.

–¿Cómo dices?

–La ficha del guardarropa –le explicó Rafa mientras se la entregaba–. Ahora, entra en el cuarto de baño para limpiarte el vestido. Además... –él bajó la mirada– tus medias están mojadas.

–Mis pantis –le corrigió ella en un tono remilgado.

–No me desilusiones, por favor –replicó él con esa sonrisa demoledora.

Había perdido todo el equilibrio y había llegado el momento de descansar un poco del hombre más impresionante que había visto.

–No hace falta que me esperes –le dijo ella por encima del hombro mientras se iba al baño.

Le había dado una escapatoria y esperaba que hubiese captado la indirecta. Se inclinó sobre el lavabo para recuperar el aliento. Podía olvidarse del vestido y del barro, pero no podía dejar de pensar en el hombre que estaba al otro lado de la puerta. ¿La esperaría? Casi seguro que no, afortunadamente. Nadie la había alterado de esa manera y eso solo podía significar que estaba loca de atar. Rafa León tenía una reputación que hacía que Casanova pareciese un aprendiz. Estaba soltero porque salía con todas y ella no estaba dispuesta a ser una más. Se apartó del lavabo, cortó un trozo de toalla de papel y se limpió el barro del vestido. El vestido quedó bastante bien, pero Rafa se había dado cuenta de que también tenía manchados los pantis. Se los quitó y los tiró a la papelera. Hizo una mueca. En ningún momento había pensado ir con las piernas blancas como la cera a la vista, pero ¿quién iba a fijarse? Rafa se fijaba en todo. Sin embargo, lo más probable era que no volviera a hablar con ella en toda la noche. Además, si hablaba con ella, ¿no era el año en el que iba a liberarse para hacer todo lo que había anhelado hacer, como viajar y conocer gente, por ejemplo? Si estaba esperándola, ¿por qué no iba a permitirle que la acompañara a la fiesta? Britt y Eva no iban a echarla de menos en la suite. Ya estarían dedicadas a repartir cócteles y canapés. Además, Rafa era mucho más divertido que el alcalde de Skavanga o el anciano vicario, quien le daría una charla sobre la necesidad de encontrar un marido antes de que fuese demasiado tarde. ¿Demasiado tarde con veintidós años? Además, ¿quién necesitaba un marido? Ella solo quería un hijo, varios hijos a ser posible. Por otro lado, en el improbable caso de que Rafa estuviese al otro lado de la puerta, ¿qué podía pasarle? Britt y Eva también estarían con sus parejas, además de unos cien invitados. No todos los días tenía la ocasión de charlar con un multimillonario. ¿Estaría esperándola o habría respirado con alivio en cuanto cerró la puerta del cuarto de baño y se habría largado? Abrió la puerta antes de que perdiera el poco valor que le quedaba.

—Leila...

—Rafa...

Se quedó sin respiración en cuanto vio esos ojos negros y burlones. El traje oscuro se le ajustaba perfectamente al poderoso cuerpo, era más alto que los demás hombres e irradiaba un fuerza que hacía que pareciera un cazabombardero entre una flotilla de biplanos.

—Perdóname por haberte hecho esperar tanto.

–La espera ha merecido la pena, Leila. Estás maravillosa.

¿Qué...? Estuvo a punto de poner los ojos en blanco, pero se acordó de que eso solo era un ejemplo más de su pericia como seductor.

–Bueno, por lo menos me he quitado el barro, pero también he tenido que quitarme los pantis...

¡No! ¿Qué había dado a entender? Los ojos de Rafa tenían un brillo burlón, pero ella no pudo contenerse y los nervios hicieron que empezara a balbucear.

–Las piernas desnudas... Bueno... Las piernas blancas...

Él pensó que tenía unas piernas fantásticas, como el resto. En ese momento recordó que Leila llevaba el mismo vestido que en la boda de Britt, cuando había jugado con los niños.

–Es de Britt –le explicó ella al ver que él lo miraba–. Lo llevé en la boda de mi hermana.

–Ya me acuerdo.

–Es el vestido más bonito que he visto –siguió ella como si tuviera que excusarse por llevar algo que le sentaba tan bien–. Le pedí a Britt que no se gastara el dinero comprando un ridículo vestido de dama de honor que no volvería a ponerme jamás y aquí estoy llevándolo otra vez. Es lo que llamo sacar partido al dinero...

Mientras oía la atropellada explicación de Leila, él se preguntó por qué no tenía vestidos propios, pero ¿qué le importaba?

–Me queda un poco ceñido –siguió ella con bríos renovados–. Britt está muy delgada...

Para él, cuanto más ceñido, mejor. Nunca le habían gustado las mujeres que parecían medio muertas de hambre. Ese vestido siempre le quedaría mejor a Leila porque era voluptuosa.

–No voy a muchas fiestas, no sientas lástima por mí

–siguió ella antes de que él pudiera abrir la boca–. Normalmente, voy a sitios más tranquilos que este...

–Yo también los prefiero.

Rafa protegió a Leila con un brazo cuando entraron más invitados en el vestíbulo. Siempre prefería habitaciones tranquilas y mujeres ardientes.

–Tengo una idea –siguió él, que se había parado delante de los ascensores–. Hay una sala muy tranquila al final de este pasillo. ¿Por qué no nos tomamos un respiro? Así podrías recomponerte un poco.

–¿Quieres decir que estoy descompuesta?

Estaba preciosa y parecía muy confiada cuando lo miró. Estaba a salvo esa noche. Él ya había refrenado la idea de champán y seducción y la había cambiado por la de refrescos y unos momentos de tranquilidad para Leila. Tenía que relajarse antes de meterse en la vorágine de la fiesta y, para su propia sorpresa, quería conocerla un poco mejor.

–Vamos a alejarnos un poco de todo este follón. La fiesta no empezará hasta dentro de media hora –añadió él cuando ella dudó–. Nadie va a echarnos de menos.

–Pero mis hermanas están esperándome...

–Tus hermanas estarán muy ocupadas haciendo lo que saben hacer, no van a echarnos de menos.

Él abrió la puerta de la tentadora sala y se apartó un poco. No estarían solos. Había algunos huéspedes que no iban a la fiesta y que leían revistas o hablaban en voz baja. Además, había una chimenea encendida y cómodas butacas donde podrían charlar. Era el sitio perfecto para una chica que todavía no estaba segura de sí misma, ni de su acompañante.

–Es precioso –comentó ella con alivio.

–¿Un zumo de naranja?

–Con un chorrito de limonada, por favor. ¿Cómo lo has sabido?

Le encantaba cómo se le iluminaba el rostro a Leila cuando sonreía.

–Ha sido casualidad.

Tampoco había sido tan difícil. Iba a ser una noche larga y, aunque se sabía que Leila era la más tímida de las hermanas, tenía algo inflexible que indicaba que pasaría la fiesta con la cabeza despejada. Le intrigaba, aunque solo fuese porque era muy distinta a sus hermanas. Eva, la hermana intermedia que celebraba esa fiesta en la víspera de su boda, podía ser obstinada e insumisa mientras que Britt era una empresaria inflexible que solo se ablandaba con su jeque. Evidentemente, sus hermanas y su hermano, Tyr, la cuidaron cuando sus padres murieron en el trágico accidente de aviación, pero su intuición, que no le había fallado hasta el momento, le decía que Leila Skavanga no era solo una chica protegida que trabajaba en el archivo del museo de la minería de Skavanga y estaba ansioso por descubrir qué más había.

Capítulo 2

ODÍA saberse qué estaba haciendo con Rafa León? ¿De qué podían hablar? Jamás había hecho algo tan impropio de ella. Rafa era fascinante, pero era casi un desconocido y, según sus hermanas y la prensa, un desconocido peligroso. Ella siempre se había alegrado de trabajar en un edificio separado de la empresa de minería porque la alejaba un poco de todas esas personas poderosas que llevaban una vida trepidante. Sin embargo, ¿ese encuentro inesperado con uno de los tres cabecillas del consorcio no encajaba perfectamente con su decisión de liberarse? ¿Era una especie de sastrecillo valiente? No estaría mal si conseguía reunir algo de valor. Además, ¿qué se proponía Rafa? ¿Por qué había querido pasar el tiempo con ella?

–¿Nos sentamos aquí? –propuso él señalando dos butacas separadas por una mesa de cristal.

–Muy bien, gracias.

La cercanía con él hacía que se sintiera increíblemente perceptiva y cautelosa. Además, su voz grave y aterciopelada la embriagaba y tenía que recordarse que Rafa León siempre acababa con todas las mujeres por los medios que fuera. Aunque no iba a seducirla precisamente a ella cuando había tantas mujeres atractivas en la fiesta. Había salido de su archivo para jugar con fuego, se dijo a sí misma mientras Rafa se daba la vuelta para hacer el pedido al camarero. Parecía muy relajado mientras ella, rígida y muy tiesa, parecía una colegiala en el despacho del director. Rafa volvió a mirarla y le borró esa idea de la cabeza. Ningún director podía parecerse a él, ninguno podía tener esos ojos irresistibles ni esa boca con un gesto malicioso.

—Estoy deseando poder beber algo sin que nos lo tiren de las manos —comentó él elevando el voltaje de su sonrisa.

Ella estaba cautivada y sintió un momento de pánico. ¿Qué podía decir? ¿Cómo se entablaba conversación con un multimillonario? ¿Le preguntaba por su yate?

—¿Por qué sonríes, Leila? —preguntó él arqueando una ceja.

—¿Estoy sonriendo? —preguntó ella dejando de sonreír—. Estaba pensando que es un sitio precioso, ¿verdad? Has tenido una idea muy buena.

Ella miró alrededor para dejar de mirarlo a él.

—Me alegro de que te hayas relajado.

¿Relajado...? ¿Eso era lo que él creía? Dudaba mucho que una mujer pudiera relajarse con él cerca. Tenía una forma de mirar a los ojos que hacía imposible que mirara hacia otro lado.

Tenía que salir del cascarón, tenía que vivir con osadía por una vez.

—Tu zumo con un chorrito de limón, como lo has pedido.

La miró a los ojos mientras se lo daba. Era muy fácil engañarse y creer que estaba interesado en ella cuando solo era su estilo. Rafa León era un seductor consumado, tanto en los negocios como con las mujeres, y ella tenía que tener muy presente que solo se trataba de un encuentro inocente con un refresco. Nunca había sido una de esas chicas que los hombres se llevaban a su habitación, era la hermana pequeña que llevaban a la sala de un hotel para beber un zumo de naranja antes de la fiesta, y debería estar complacida. Estaba complacida, pero se mentiría si fingiera que no sería emocionante que Rafa la mirara con algo más que un brillo burlón en los ojos. Se inclinó hacia delante para tomar la bebida y percibió el olor de su colonia. Volvió a dejarse caer contra el respaldo y se preguntó qué podía hacer. Él parecía conformarse con ese silencio y quizá tuviese que ser ella quien lo rompiera. ¡Tenía que vivir con osadía por una vez! Señaló hacia una ventana para que él mirara el parque que se veía.

–Mi madre solía llevarme a ese parque para que aterrorizara a la gente con mi triciclo.

–Nunca me has parecido una gamberra, Leila.

Entonces, ¿qué le parecía? Rafa se rio mientras dejaba el vaso con un refresco.

Él notó que se le encogía el corazón al pensar en una niña que estaba todos los días con su madre y en una madre joven que disfrutaba con su hija pequeña. Parecería como si esos días fueran a durar toda la vida, ninguna de las dos podría haber previsto que el padre de Leila caería en la violencia por el alcohol ni el fatal accidente de aviación.

–¿Qué piensas ahora? –preguntó él.

Sospechaba que Leila le había contado unos recuerdos que no solía contar a desconocidos y que ya estaba arrepintiéndose. Disparatadamente, quiso abrazarla y decirle que no pasaba nada, pero no se conocían tanto como para hacerlo. Tenían una fiesta por delante y ella tendría que estar alegre o sus hermanas se preguntarían qué le pasaba. No quería dejarla más alterada que cuando cayó entre sus brazos a la entrada del hotel. Lo que había empezado como curiosidad y una atracción primitiva se había convertido en cierta preocupación. Aunque no se sentía responsable de ella ni ella lo querría. Hasta ese momento, se había defendido muy bien por sí misma.

–¿Quieres más zumo?

–Sí, por favor. Perdóname, Rafa, pero estaba pensando en otra cosa.

Rafa se dio la vuelta para pedir más zumo y ella se dio cuenta de que estaba pensando en la carta de su madre. Lo había hecho muchas veces últimamente y había tenido tiempo de sobra para memorizar cada palabra durante esos años.

Mi querida Leila:
Te quiero más que a la vida y quiero que me prometas que vivirás la vida plenamente. Ahora solo eres una niña pequeña, pero llegarás a ser una mujer que tendrá que tomar decisiones y quiero que tomes las acertadas. No le tengas miedo a la vida, Leila, como se lo he tenido yo. Sé osada en todo lo que hagas...

Todavía le obsesionaba pensar que su madre debía de saber que estaba en peligro e, incluso, que su padre llegaría demasiado lejos y los mataría a los dos. Era demasiado pequeña para entender lo que pasó cuando se produjo el accidente, pero más tarde, cuando fue mayor, sus hermanas le explicaron que, probablemente, su padre estaba bebido cuando tomó los mandos del avión. Ella había investigado un poco en la hemeroteca y se había formado la idea de un alcohólico violento y de una mujer que había sido la víctima impotente de sus ataques de ira.

–¿Quieres hielo? –le preguntó Rafa sacándola de sus pensamientos.

–No, está delicioso, gracias.

–Son naranjas españolas –comentó él con una sonrisa resplandeciente–. Las mejores.

–Eres parcial.

–Sí, lo soy –reconoció él mirándola a los ojos un poco demasiado tiempo.

El corazón se le desbocó. Él era muy mundano y tenía cierta gracia que los dos estuviesen ahí juntos cuando Skavanga solo era una parada en la gira que estaba haciendo él por todo el mundo por sus intereses empresariales, y cuando ella solo había salido de allí para ir a la universidad, que estaba a unos kilómetros por la carretera. En cuanto se licenció, volvió al sitio donde se sentía más segura, donde podía esconderse en el archivo del museo de la minería, donde no podía encontrarse con un maltratador de mujeres ni con un alcohólico ni con nadie, en realidad.

—Entonces, ¿no has salido nunca de Skavanga, Leila? ¿Leila...?

Ella se había quedado atrapada en el pasado, cuando estaba sentada en la escalera y oía a sus padres que discutían, cuando oía el inevitable golpe de su madre contra el suelo. En ese momento, a juzgar por la expresión de preocupación de Rafa, él también estaba siguiendo ese mismo camino por la memoria.

—Sí, he pasado aquí toda mi vida —contestó ella con desenfado para compensar su falta de concentración.

En realidad, se le daba bien ser jovial, se había entrenado mucho a lo largo de los años. Eclipsada por sus hermosas hermanas, solo había podido ser la tímida retraída o la hermana jovial y había conseguido ser las dos cosas con maestría.

—Siempre he estado muy unida a mi hermano y mis hermanas.

Al menos, hasta que su hermano Tyr desapareció.

—Es fantástico tener hermanos aunque no siempre se lleven bien —confirmó él.

—Nos llevamos bien. Solo echo de menos a mi hermano y me gustaría saber dónde está —miró a Rafa a los ojos, pero si él sabía dónde estaba Tyr, no iba a decírselo—. Ya sé que te perecerá como si mis hermanas fuesen unas tiranas conmigo, pero te aseguro que puedo defenderme.

—No lo he dudado en ningún momento —replicó él para sorpresa de ella.

Sin embargo, la sonrisa de Rafa se esfumó y su rostro se ensombreció. Ella se preguntó por su familia y se dio cuenta de que se habían relajado y habían acabado haciendo lo que menos se había imaginado que haría con Rafa León, mantener una conversación... profunda.

—¿Y tú? —preguntó ella con delicadeza—. ¿Qué me dices de tu familia, Rafa?

Él la miró de una forma que hizo que se arrepintiera de habérselo preguntado.

—Lo siento, no quería ser indiscreta.

—No pasa nada —replicó él encogiéndose de hombros—. Aparte de los tres hermanos y las dos hermanas que conozco, me han dicho que tengo infinidad de hermanastros por todo el mundo gracias al infatigable empeño de mi padre.

—¿Y tu madre...? —Leila comprendió inmediatamente que no debería haber hecho esa pregunta y se calló en cuanto vio la expresión de Rafa—. Lo siento, yo...

—No lo sientas —le interrumpió él—. Tuve la suerte de pasar casi toda mi infancia con mi abuela. Cuando mis hermanos y hermanas mayores fueron a la universidad, mi padre dejó muy claro que no quería saber nada más de sus hijos.

—Entonces, ¿te quedaste sin un hogar?

Él no contestó, pero tampoco hizo falta. Era el lobo solitario, peligroso e impredecible.

—Me gustaría conocer a tu abuela —siguió ella intentando devolverlo al presente—. Tiene que ser una mujer increíble.

—¿Por hacerse cargo de mí? —preguntó Rafa riéndose—. Lo es, y es posible que la conozcas algún día, Leila.

Él solo estaba siendo educado, pero era un alivio que sonriera otra vez.

–Y tú te criaste con tus hermanas y tu hermano –siguió él.

–Quienes se metían conmigo sin compasión.

–¿No te importaba?

–Yo me metía con ellos. Así son las familias –añadió ella con una sonrisa.

Rafa resopló ligeramente y también sonrió con una mirada tan expresiva que hizo que sintiera una oleada de calidez por dentro. Que Rafa fuese tan impresionante debería haber bastado para que fuese cautelosa y recelara, pero él era como un imán que la atraía contra su voluntad.

–Mis hermanas se meten conmigo porque me quieren tanto como yo las quiero a ellas –siguió ella para romper esa tensión eléctrica que había brotado entre ellos–. Supongo que siempre intentan compensar que...

–Que tu madre muriera cuando eras tan pequeña –terminó Rafa con una expresión de preocupación que la sorprendió.

–Supongo... En cualquier caso, han sido fantásticas... y Tyr también...

Leila no pudo seguir cuando ese dolor que ya conocía muy bien se adueñó de ella.

–Tu hermano volverá pronto, Leila.

–Lo dices con mucha seguridad. ¿Sabes algo de Tyr?

Rafa no contestó. Sin embargo, ¿por qué iba a sorprenderla? Sus hermanas y ella habían sospechado siempre que los tres hombres del consorcio sabían dónde estaba Tyr, pero que no lo decían. Los cuatro habían ido juntos al colegio y a las Fuerzas Especiales y eran muy leales entre sí, pero, aun así, tenía que intentarlo.

–Lo único que me importa es que esté a salvo, Rafa.

Él la miró fijamente a los ojos y el corazón le dio un vuelco.

–Leila, por favor, no me hagas preguntas sobre tu hermano porque no puedo darte las respuestas que quieres oír.

–No quieres dármelas –replicó ella.

–Es verdad. No quiero dártelas.

–Pero a lo mejor sí puedes decirme si está bien.

–Está bien –confirmó él al cabo de un rato.

–Gracias.

Respiró con alivio. Tyr estaba bien y eso era todo lo que quería oír. Además, que Rafa lo conociese tan bien hacía que todo lo que había oído sobre él careciera de importancia.

–Háblame sobre tu trabajo en el museo, Leila.

Ella se relajó. Le encantaba hablar de su trabajo, le gustaba tanto su trabajo en el museo que hablaría sin parar de él.

–Me encantaría enseñártelo. Me gustaría que vieras todas las cosas que hemos encontrado. Pensar que mis antepasados las usaban... Además, todos los días encontramos algo nuevo...

Se calló con miedo de estar aburriendo a Rafa, pero él la animó a que siguiera y le contó sus planes para el museo, sus sueños, sus clases, sus talleres, las exposiciones que había pensado...

–Lo siento –dijo ella por fin–. He tenido que aburrirte como a una ostra. Cuando empiezo a hablar del museo, no puedo parar.

–No quiero que pares, aunque me sorprende descubrir que no eres la hermana taciturna.

–No soy nada taciturna.

Solo necesitaba tener la ocasión de que la escucharan.

–¿Qué haces? –le preguntó ella cuando le quitó el vaso de la mano.

–Creo que deberíamos ir a la fiesta. ¿Sabes qué hora es?

–No. ¡Dios mío! –exclamó ella levantándose de un salto–. ¡He estado dándote la tabarra!

–En absoluto –insistió él–. Ni mucho menos. Esta noche está saliendo mucho mejor de lo que había previsto, y todavía no hemos ido a la fiesta...

¿En plural? Él sonrió y ella se rio. Aunque solo estuviese siendo amable, ella estaba pasándoselo muy bien. Rafa León era mucho más de lo que se había esperado en todos los sentidos. Era imposible no sentirse atraída por él, lo cual era una locura, a no ser que los dos estuviesen locos. Al parecer, ella lo estaba.

–¿Te has recuperado del tortazo? –le preguntó él mientras cruzaban el vestíbulo lleno de gente.

–Completamente. Gracias por el zumo, ya me siento preparada para cualquier cosa.

Él se rio y ella se dio cuenta de que debía de considerarla rara, anticuada y protegida.

–Si yo fuese tan sincero como tú, nunca habría triunfado en los negocios, Leila. Quiero decir que se puede ver todo en tu cara –le explicó él cuando ella frunció el ceño–. Yo tampoco soy ese lobo feroz que dicen que soy.

–Pero casi –replicó ella entre risas.

Él también se rio. Le gustaba verla relajada. Además, quería que ella supiera que tenía principios. No quería que ella temiese que un granuja había comprado su empresa familiar. Leila había sacado lo mejor de él y eso era un primer paso.

–Ahora, vamos a buscar a tus hermanas –comentó él dándose cuenta de que eso habría sido lo último que hubiese pensado si hubiese estado con otra mujer.

–¿Es necesario?

Ella se sonrojó y él se dio cuenta de que ella lo había dicho sin pensar. Estaba relajada y disfrutaba. Ella no había querido ir con el grupo que se había reunido en la suite de Britt.

—No tenemos que subir a la suite de Britt —le tranquilizó él—. Podemos encontrarnos con tus hermanas en la mesa. Estoy deseando veros juntas. Me han contado que la vida no puede ser aburrida con una hermana Skavanga.

—Es verdad —reconoció Leila con cautela—. Es una pena que te haya tocado yo.

—¿Me he quejado?

Leila sonrió y sus ojos se iluminaron con un brillo malicioso que hizo que quisiera conocerla mejor. Tuvo la extraña sensación de que le gustaría a su abuela. Su abuela insistía siempre en que tenía que encontrar a una mujer buena. Él haría casi cualquier cosa por su abuela, pero no eso, aunque su abuela daría saltos de alegría si llevaba a alguien como Leila a casa. Además, Leila había dicho que le gustaría conocer a su abuela... La miró y pensó que lo mejor de ella era que no sabía lo atractiva que era y eso, en ese mundo, era un soplo de aire fresco.

Estaban en medio del salón de baile cuando sonó el teléfono de ella. Le dijo con los labios que era Britt, contestó la llamada y se puso roja como un tomate. Él comprendió que la conversación con su hermana no estaba siendo muy agradable.

—Quería saber dónde me había metido —le explicó ella cuando cortó la llamada.

—Espero que le hayas dicho que viviendo en el filo de la navaja.

—¿Con el lobo feroz? Sí, es lo que le he dicho.

—¿Y tu hermana se ha puesto como un basilisco?

—Más o menos.

Los dos se miraron con una expresión divertida.

—¿Te crees todo lo que has oído sobre mí, Leila?

—No te conozco lo bastante como para emitir un juicio.

–¿Me lo dirás cuando lo tengas?

–Puedes estar seguro.

No le había contado toda la verdad sobre su conversación con Britt, quien había puesto el grito en el cielo ante la idea de que su hermana pequeña pasase un segundo con el tristemente célebre Rafa León. Sin embargo, Rafa había resultado ser un perfecto caballero, aunque podría ser divertido reírse de sus hermanas. Ella no solía ser motivo de comentarios...

–¿Has tranquilizado a Britt? –le preguntó Rafa mientras se acercaban a la mesa.

–La verdad es que no. Por una vez en mi vida, he sido enigmática. No he podido resistirme. Mis hermanas se ríen de mí todo el rato y esta ha sido mi ocasión de pagarles con la misma moneda.

–Bueno, estaré encantado de seguirte el juego –comentó él con un brillo en los ojos que hizo que ella se planteara todo tipo de posibilidades disparatadas.

–Es posible que te tome la palabra.

–Hazlo, por favor –le pidió él con una sonrisa que le llegó a sitios que había tenido olvidados.

–Entonces, lo haré –replicó ella con otra sonrisa y pensando que esa noche iba a ser divertida.

–Esta noche, Leila Skavanga va a cobrar relevancia –prometió Rafa mientras le separaba la silla.

–Pero tampoco quiero fastidiarlas –añadió Leila inmediatamente–. Britt se ha tomado muchas molestias para organizarle la fiesta a Eva y no quiero que nada le estropee la noche.

–No se la estropeará, te lo prometo. Al menos, por nada que yo vaya a hacer, pero nada nos impide divertirnos un poco. Solo espero que el resplandor de todos los Diamantes de Skavanga juntos no me deslumbre.

–Eso es imposible –replicó ella riéndose por la expresión de Rafa mientras se sentaba.

Él se sentó en la silla de al lado. Cerca, pero no demasiado cerca; casi tocándose, pero sin tocarse. Sintió un cosquilleo en los muslos.

–Puedes contar con que te dirija miradas ardientes y que baile muy pegado a ti para que tus hermanas se escandalicen.

–Fantástico. Eso debería conseguir que mi vida en casa sea mucho más fácil.

–Siempre que pueda hacer algo por ti...

Era complicado aguantar la mirada de Rafa. Sus ojos tenían un brillo burlón que no le decían lo que pensaba, pero si esa conexión entre ellos duraba solo esa noche, era lo más divertido que había hecho desde hacía mucho tiempo. Entonces, Britt y Eva entraron del brazo de sus apuestos maridos y tuvieron que terminar la conversación cuando todas las cabezas del salón de baile se dieron la vuelta para mirarlas.

–No te preocupes, Leila –murmuró él–. Te prometo que no haré nada que pueda fastidiarlas.

–Algo me dice que Britt y Eva no van a creerse que hemos estado charlando en esa sala.

Además, Leila se dio cuenta de que la verdad era más complicada todavía. Los dos habían hablado de cosas que ninguno de los dos habría hablado con desconocidos y la sintonía que había notado desde el principio había sido más fuerte por eso.

–Tú solo tienes que estar a la altura de las sospechas de tus hermanas –comentó Rafa mientras se preparaba para saludar a sus acompañantes de mesa.

–Siempre que no vayamos demasiado lejos –replicó ella preguntándose dónde se había metido.

–Tú y yo sabemos lo que ha pasado. Bebiste zumo, charlamos y nos relajamos, pero tus hermanas no van a creérselo y salvo que prefieras fingir que no hemos estado juntos cada segundo desde que llegaste al hotel...

–Haces que el inocente rato que hemos pasado juntos suene fatal.

–Si no, ¿dónde iba a estar la gracia? –murmuró él–. Que empiece la farsa.

¿Ya había empezado?, se preguntó Leila mientras Rafa se inclinaba hacia ella. Si Britt y Eva habían sospechado antes, querrían saber la verdad por todos los medios cuando los vieran tan cerca que casi parecía que estaban besándose. Sin embargo, ella no había hecho nada malo, solo estaba siguiendo el consejo que le había dado su madre y estaba siendo osada. Además, y aunque Rafa esbozaba su sonrisa sexy e indolente, se preguntó si era posible que Britt y Eva creyeran que se había acostado con Rafa. ¡Era imposible! Entonces, ¿por qué iba a preocuparse? Podía relajarse.

Britt y Eva miraron primero a Rafa y luego a ella.

–Vaya, por fin te encontramos, Leila –comentó Britt con una sonrisa mientras saludaba a su hermana antes de mirar a Eva con las cejas arqueadas.

–Siento mucho haberme perdido la reunión en la suite –se disculpó Leila en su papel de apaciguadora–, pero...

–Pero estuvimos charlando –intervino Rafa con naturalidad.

–Claro... –concedió Eva con ironía.

–Estuvimos en la sala –aclaró Leila.

–Claro... –concedió Britt esa vez mientras todos se sentaban.

Rafa tenía razón. No iba a creerla. Ella lo miró y Rafa la miró con una expresión burlona de complicidad. Él había dicho que empezara la farsa, pero ella le pidió con los ojos que no exagerara. Era la noche especial de Eva y no quería estropeársela. Él la tranquilizó con la mirada. Nunca había tenido un cómplice y era increíble que estuviera entre esas personas fabulosas. Eva estaba impresionante con su melena pelirroja recogida a los lados de la cara con unas peinetas resplandecientes por los diamantes y un vestido largo y ceñido de encaje color carne con diminutos cristales. Además, la pasión que se percibía entre Eva y el conde Roman Quisvada, el hombre con el que se casaría al día siguiente, también era impresionante. ¿Alguna vez la miraría así un hombre a ella? Se preguntó mientras desviaba la atención hacia Britt, cuyo marido, el jeque Sharif, estaba enviando mensajes inconfundibles a su esposa con la mirada. Britt, de aspecto nórdico, muy alta y esbelta, era el contraste perfecto de su príncipe árabe y estaban tan unidos que ella no pudo evitar sentir cierta nostalgia. Su mesa rebosaba tanto glamour que era el centro de atención. Tres hombres increíblemente guapos, dos mujeres impresionante... y ella. Sus hermanas ponían el listón tan alto que ella no podía ni soñar con alcanzarlo, pero por una noche, con Rafa a su lado, iba a intentarlo.

–¿Quieres que te ayude a elegir el menú, Leila? –murmuró Rafa inclinándose hacia ella.

Britt y Eva se pusieron en alerta inmediatamente.

–Es un menú fijo –se sintió obligada a aclararle.

–Claro –concedió Rafa sin dejar de mirarla a los ojos.

Iba a ser complicado recordar que todo era una farsa, pero miró a sus hermanas y comprobó que estaban convencidas.

–¿Quieres que te lea el menú? –le propuso Rafa.

–Sí, por favor –contestó ella como si estuviese acostumbrada a tener a los hombres a sus pies.

Britt y Eva habían elaborado juntas el menú y ella se dio cuenta enseguida de que habían elegido una comida que era imposible comer sin parecer provocativa, algo que ella quería evitar esa noche para no llevar las cosas demasiado lejos con Rafa, aunque quisiera reírse un poco de ellas.

El aperitivo era un trozo de queso al horno con aceite de trufa sobre unas hojas de ensalada...

—¿Te gusta el queso, Leila?

Britt y Eva la miraron fijamente cuando Rafa se lo preguntó. Le encantaba el queso y ellas lo sabían. Probablemente, Britt había elegido ese primer plato pensando en ella, pero la idea de ese queso suave y cálido deshaciéndose en sus labios...

—¿Intercambiamos los platos? —propuso Rafa.

Ella levantó su plato, él fue a tomarlo y sus dedos se rozaron. Una oleada abrasadora se adueñó de ella y se quedó sin respiración.

—Me encanta que un hombre tenga buen apetito —comentó Britt dirigiendo una mirada a Eva.

—¿Qué te pasa hermanita? —añadió Eva—. ¿No hay bastante comida para ti en la mesa?

—Tengo un apetito enorme —reconoció Rafa fingiendo inocencia—. Si alguno de vosotros no quiere su comida, que me la pase, por favor.

Los otros hombres sonrieron levemente mientras que Eva y Britt se miraban elocuentemente. Ella lo entendió. Era como Caperucita Roja con el lobo feroz. Miró a sus hermanas con los ojos entrecerrados, pero ellas se limitaron a sonreír con las cejas arqueadas. Les daba igual si ella podía defenderse. Solo tenía que tener cuidado de que la broma no se volviese contra sí misma.

El plato siguiente fueron unos espárragos, probablemente, su plato favorito, pero Eva estaba metiéndose en la boca la punta untada en mantequilla y...

—No puedo creerme que no vayas a comértelos —le reprendió Rafa cuando ella quiso dárselos.

Sin embargo, la miró con un brillo burlón en los ojos, como si supiera perfectamente lo que estaba pensando.

—No quiero que la mantequilla me manche el vestido —ella sabía que sus hermanas estaban mirándola y arqueó una ceja–. Este vestido ya ha vivido bastantes aventuras por una noche, ¿verdad, Rafa?

Britt y Eva se miraron y ella, como si hubiese cambiado de opinión, levantó un esparrago con mantequilla y lo succionó ávidamente.

–Toma otro si tienes hambre... –le ofreció él de una forma que la dejó sin aliento.

Sus hermanas ya estaban desfiguradas y la mirada de Rafa la tenía alterada. Solo era una representación, se dijo a sí misma... Hasta que Rafa le limpió la mantequilla de los labios con el pulgar y se lo introdujo en la boca. Ella notó una palpitación de placer, eso era algo tremendamente sexy e íntimo y ella no debería mirarlo.

Cuando llegó el solomillo con pimienta negra y queso gorgonzola sobre un lecho de espinacas, ella seguía mirando a Rafa.

–Delicioso... –murmuró él deleitándose con la carne–. ¿Por qué no comes, Leila?

–Luego hay chocolate fundido... –comentó Britt con inocencia.

–¿Chocolate fundido? –Leila miró directamente a los ojos de Rafa–. Mi favorito...

Rafa se quedó con el tenedor en el aire y ella se lo comió con placer. Era muy fácil, ¿qué había estado haciendo todos esos años?

–Leila...

–¿Sí...? ¿Qué pasa?

–Tienes espinaca entre los dientes... –susurró él inclinándose hacia ella.

Capítulo 3

ERA inevitable que la conversación acabara volviendo al asunto más intrigante de la noche. Era evidente que Britt y Eva no se habían creído que Rafa y ella hubiesen estado hablando en una sala del hotel.

—Entonces, ¿de qué hablasteis en la suite de Rafa? —preguntó Britt con despreocupación.

—No estuvimos en la suite de Rafa —contestó Leila con paciencia—. Estuvimos charlando en una sala del hotel rodeados de otros huéspedes y...

Se quedó muda y con los ojos como platos cuando la mano cálida y fuerte de Rafa le tapó la suya con un gesto de cautela.

—En realidad, estuvimos hablando del museo de la minería —comentó él—. Leila tiene algunas ideas fantásticas y yo le dije que, como tengo una de las mejores colecciones de joyas del mundo, debería visitar mi isla para que haga una selección y exponga algunas en Skavanga.

El silencio fue sepulcral. Todos se quedaron atónitos. Leila la primera. ¿Era una invitación en serio o estaba siguiendo con la farsa?

—Acepta —añadió él cuando ella lo miró fijamente.

Por una vez, Eva se quedó sin palabras y fue Eva quien rompió el silencio.

—¿Qué estás proponiendo? —le preguntó a Rafa en defensa de su hermana.

—Estoy proponiendo que Leila vaya a la isla Montaña de Fuego para que vea mis joyas —contestó Rafa sin inmutarse.

—¿Por qué? —insistió Eva—. ¿Por qué iba a tener que ir allí? ¿No puedes traer las joyas aquí?

—No me atrevería a hacer una selección por Leila —contestó Rafa mirando a Leila.

—Es verdad —Leila tenía el corazón desbocado, pero siguió el juego—. Estoy deseando ver la colección de Rafa. A todo el mundo le gustan los diamantes grandes, ¿verdad, Eva?

Britt y Eva escondieron sus anillos debajo de la mesa.

—Leila cree que el museo de la minería tiene mucho porvenir —añadió Rafa.

—Entonces, habéis estado charlando, ¿no? —preguntó Eva derrotada por una vez.

Sus hermanas se miraron y ella se preguntó hasta cuándo podría mantener eso. ¿Ir a la isla de Rafa...? ¡Ni loca!

—Sí, Rafa y yo hemos estado hablando. Es normal cuando tenemos tantas cosas en común. Los diamantes —añadió ella cuando sus hermanas la miraron con incredulidad.

—Claro —murmuró Eva en tono burlón—. Los diamantes. Me había olvidado...

—No se me ocurre otro motivo para visitar la isla... —Leila se dio cuenta de que estaba cavando su propia tumba, pero no podía parar—. Cuando me resbalé con el hielo y Rafa me agarró, pensé que había sido una suerte y que me daba la ocasión de hacerle mi propuesta de negocios...

—¿Tu qué? —le interrumpió Britt.

Había ido demasiado lejos. ¿Desde cuándo se juntaban a Leila Skavanga y los negocios en la misma frase? Desde nunca.

–La verdad es que la propuesta de Leila fue muy buena –intervino Rafa–. ¿Alguien quiere agua?

–Leila hace muy bien su trabajo –comentó Britt como si estuviese convencida.

–Además, siempre he considerado que su trabajo le daba la oportunidad de que toda una generación conociera la actividad que ha puesto al pueblo en el mapa –añadió Eva mirando a Leila con orgullo.

¿Por qué participaban sus hermanas? Se sentía fatal. Tenían que dejar de ser tan amables. ¿No se daban cuenta de que todo era una broma? Era evidente... Miró a Rafa, pero tenía cara de póquer. ¿Por qué había fingido que la invitaba a su isla? Era ir un poco lejos, ¿no?

Casi dio un salto cuando él le tomó la mano y se la apretó para tranquilizarla. Entonces, se dio cuenta de que tenía que decir algo a Britt y Eva o se quedarían convencidas.

–Está bromeando sobre el viaje. Ni Rafa es tan masoquista como para invitarme a pasar más tiempo con él.

Miró a sus hermanas con un gesto burlón y vio que ellas se relajaban.

–Bueno, la invitación está sobre la mesa, Leila.

–¿Una hora charlando conmigo no ha sido bastante tortura? –le preguntó ella riéndose para intentar sacarlo de la situación en la que se había metido.

Ella notó que sus hermanas contenían la respiración.

–Ni mucho menos –contestó Rafa–. Además, por si tienes alguna duda, nunca bromeo cuando se trata de negocios –añadió él dirigiéndose a toda la mesa.

Britt y Eva estaban desencajadas y a ella le latía el corazón como si se hubiese vuelto loco. Si la oferta iba en serio, y lo parecía, sería la primera vez que saldría de Skavanga... ¡y con Rafa!

La conversación derivó hacia temas menos conflictivos, pero Rafa no dejó de mirarla y ella se preguntó si saldría viva de esa farsa o si estaría dirigiéndose al desastre.

–Vamos a bailar –comentó Britt–. Leila...

–No, gracias, estoy bien.

–¿Nos disculpáis si os dejamos a los dos solos? –insistió Britt evidentemente preocupada.

–Claro –le tranquilizó Leila–. No os preocupéis.

Rafa se levantó educadamente cuando las dos hermanas y sus acompañantes se alejaron de la mesa y volvió a sentarse mientras ella se agarraba a la silla como si fuese su tabla de salvación.

–¿Vamos...? –propuso él mirando hacia la pista de baile.

–¿Quieres bailar conmigo?

–No veo a nadie más en la mesa.

Rafa esbozó una sonrisa y ella supo que eso no era nada sensato.

–Bailar no es lo mío.

–Creía que teníamos un pacto...

Reírse un rato de sus hermanas, no precipitarse al desastre con un hombre impresionante...

–No te preocupes, no voy a obligarte a que cumplas tu parte.

–¿Y si yo quiero que tú sí la cumplas?

Ella se imaginó toda una serie de peligros y decidió que había que acabar con eso.

–De verdad, no hace falta que sigas siendo educado conmigo.

–¿Quién dice que estoy siendo educado? –preguntó él tomándole la mano.

No podía negarse cuando la gente estaba mirándolos. Se levantó temblorosa y se dirigieron hacia la pista de baile de la mano. Dejó escapar una exclamación cuando la estrechó contra él. No había bromeado cuando dijo que iba a bailar muy pegado a ella. Casi no podía ni respirar, aunque quizá fuese por la excitación de estar en contacto con cada saliente de su cuerpo.

–Creía que querías bailar –comentó él cuando ella se quedó quieta.

–Tú querías bailar –le recordó ella sin ganas de terminar esa exploración sensorial de un hombre que era tan duro como parecía.

–Sí, contigo –confirmó él agarrándola con más fuerza y empezando a moverse.

Leila comprobó que Rafa no aceptaba una negativa y sus hermanas los miraban. Mejor dicho, estaban muriéndose de curiosidad y bailaban muy cerca de ellos para no perderse un detalle.

–Tenemos al enemigo de frente –le avisó ella cometiendo el error de mirarlo a los ojos y captando su avidez sexual.

–Me gusta tu estilo, Leila Skavanga –susurró él con la voz ronca.

–¿De verdad? ¿Por qué?

–Obstinada. Escurridiza. Impredecible –Rafa se encogió de hombros–. Nunca sé qué puedo esperar de ti.

Entonces, no se sorprendería cuando lo pisó con el tacón.

–¿Qué pasa ahora, Leila?

–Estoy esperando a encontrar el ritmo de la canción.

–Ah, una perfeccionista...

–No, una inexperta.

–¿Una inexperta? –preguntó Rafa acariciándole la oreja con el aliento–. Yo podría remediar eso.

Ella inhaló aire como si fuese a asfixiarse.

–La práctica lleva a la perfección.

–Otra cosa en la que estamos de acuerdo. ¿Ya has encontrado el ritmo, Leila?

¿Cómo podían moverse tan bien juntos cuando eran

tan distintos? Fuego y hielo. Ella no era baja precisamente, pero sí era mucho más baja que él. Sin embargo,
empezó a relajarse con el hechizo de la música y también empezó a disfrutar, tanto que, cuando pasaban
cerca de sus hermanas, sentía cierta malicia. Siempre se
había conformado con que la controlaran, pero esa noche, no. No cuando estaba con Rafa. En vez de encogerse al pasar junto a ellas, se apartó el pelo y suspiró
para que tuvieran muy claro que no estaba pensando en
archivos polvorientos.

—¿Sabes una cosa? Creo que hemos cumplido nuestra misión...

Leila se quedó boquiabierta cuando él le tomó la
mano para sacarla de la pista.

—Tengo que marcharme —siguió él mientras se abría
paso entre el gentío.

—Pero la fiesta acaba de empezar —se quejó ella intentado resistirse.

—¿No has tenido bastante? Yo, sí.

Ella pudo ver la fila de taxis a través de la ventana y
se dio cuenta de que no estaba hablando de la fiesta. Había sido una necia. Había tenido bastante de ella. Reco-
gería el abrigo en el guardarropa y él la montaría en un
taxi.

—Recogeremos los abrigos antes de subir —comentó
él mientras se dirigían hacia la puerta.

—¿De subir a dónde?

—A mi suite —contestó Rafa frunciendo el ceño como
si fuese evidente.

—¿Tu suite?

Pareció un loro, pero no era de extrañar cuando su
propuesta le había derretido las neuronas.

—Tenemos que hablar del proyecto para el museo, de
tu visita a la isla para que elijas las joyas. Tenemos que resolver muchos detalles antes de que mañana me marche.

–Pero yo creía que era...

Iba a decir que era una broma, pero Rafa se dio la vuelta para hablar con la empleada del guardarropa.

–Tu ficha, Leila.

Él tendió una mano mientras ella rebuscaba en el bolso. Entonces, Rafa hablaba en serio sobre su visita a la isla. Se le secó la garganta al pensar en trabajar junto a ese hombre. No le preocupaba el aspecto laboral, ella sabía hacer su trabajo, pero en cuanto a todo lo demás... No iba a haber nada más, intentó convencerse mientras Rafa le daba la chaqueta. Además, no podía desperdiciar la ocasión de ver su famosa colección de joyas. Si Rafa le dejaba exponer algunas de sus piezas, famosas en todo el mundo, eso sí que pondría a Skavanga en el mapa.

–¿Preparada, Leila?

–Preparada.

Al fin y al cabo, ese era el año de su liberación, se dijo a sí misma mientras se dirigían hacia los ascensores. Además, hacía bien su trabajo. ¿De qué tenía que preocuparse? Era una ocasión increíble y tenía que agarrarla con las dos manos. ¿El sastrecillo valiente...? Sí, pero podría haber empezado con un hombre más mesurado. Sin embargo, ya no podía echarse atrás. Rafa estaba pasando la tarjeta que los llevaría al ático.

–Adelante –dijo él cuando se abrieron las puertas.

Esa invitación no podía esconder nada más, ¿verdad? Casi seguro que no, pero miró la cabina de acero y tuvo la sensación de que, si entraba, su destino estaría sentenciado. Podía volver a su casa y beber chocolate caliente el resto de su vida, pero prefirió ser osada.

Capítulo 4

SE PASÓ todo el viaje hasta la suite repasando sus títulos y quizá fuese porque tenía que convencerse de que lo único que podía interesarle a él era que estuviese licenciada en Gemología y Administración de Empresas. No paró hasta que el ascensor empezó a detenerse y él se apartó de la pared donde había estado apoyado.

—Muy interesante, pero que hayas jugado en el equipo de hockey de la universidad y que hayas estudiado piano no me interesa gran cosa.

—¿Qué te interesa?

Por un instante, ella captó algo en sus ojos que hizo que se arrepintiera de haber hecho esa pregunta. Hasta que eso desapareció y se quedó preguntándose si se lo habría imaginado. Solo veía a Rafa, el elegante multimillonario que podía conquistar el mundo con una sonrisa.

—Tu entusiasmo, Leila —contestó él—. Tu entusiasmo cuando hablas del museo de la minería. Tu dedicación a lo que haces, sobre todo, con los niños. Me has impresionado.

—¿Estás diciendo que, en la sala, estabas haciéndome una entrevista de trabajo?

—Podríamos llamarlo así.

—Entiendo.

—Lo concretaré con Britt —siguió él cuando ella frunció el ceño pensativamente—. Estoy seguro de que podrá encontrar a alguien para que te sustituya mientras estás fuera.

–Yo lo concretaré con Britt, Rafa –Leila sonrió–. Es mi hermana –y ella estaba segura de que tendría mucho que decir al respecto–. Debería hablar con ella ahora. Es más, debería decirle dónde estoy.

–No tienes que contarle todo esta noche. Te recomiendo que elijas otro momento. No querrás estropearle la fiesta, ¿verdad? –le preguntó Rafa mirándola con unos ojos negros y enigmáticos–. No puedes hablarle de trabajo esta noche, ni mañana durante la boda de tu hermana.

–Tienes razón.

Sin embargo, también sabía que sus hermanas estarían hablando de ella. Podía imaginárselas preguntándose si ella, Leila, sabía dónde estaba metiéndose, si tenían que rescatarla o dejarla que se escaldara. Por primera vez en sus vidas, Britt y Eva podían no saber qué hacer.

–Eh... –murmuró él–. Deja que tus hermanas se aclaren solas por una vez.

Nadie la había considerado jamás el eje de la familia. ¿Leila Skavanga un remanso de paz alrededor del cual giraban los torbellinos de Eva y Britt?

–¿Por qué sonríes?

–Por tu comentario sobre que mis hermanas tienen que aclararse sin mí.

–¿No es verdad?

–No siempre...

–Yo diría que sí, siempre.

No le dio tiempo para discutir. Se quedó sin aliento cuando bajó la cabeza para besarla en los labios. Fue un beso tan delicado que la desarmó completamente. La idea de que un hombre de aspecto tan bárbaro pudiese besar así era tan cautivadora que tuvo que decírselo.

–No deberías besar así...

–¿Cómo debería besar?

La sangre le bulló como la lava mientras Rafa insistía con otra variación del tema que la dejaba sin aire en los pulmones. Ya no era cuestión de ser valiente, sino de cuánto serlo.

El ascensor se detuvo por fin y se apartaron. Tuvo un momento para reponerse antes de que las puertas se abrieran.

–Tenemos que aclarar ese detalle enseguida –comentó Rafa apartándose para que ella pasara–. Tengo que atar todos los cabos antes de que me marche.

–Claro.

Qué ridícula era al pensar que Rafa estaba llevándola a su suite por una especie de cita romántica. Cerró los ojos y reflexionó que, al menos, estaba siendo sincero con ella. Se trataba solo de trabajo. Un beso solo era un beso. Probablemente, Rafa los daba como si fuesen caramelos. No significaban nada para él. Sin embargo, él se giró y le tendió la mano. Ella dudó. Era un momento decisivo. La mirada de Rafa era inconfundible. Efectivamente, quería aclarar el aspecto laboral del asunto, pero, salvo que se equivocara mucho, también estaba ofreciéndole que se aclarara ella. Nunca había tenido una aventura de una noche, nunca había tenido relaciones esporádicas, pero le gustaría recibir más besos como ese. Cuando Rafa sonrió como si la desafiara a quedarse o marcharse, ella no supo qué hacer. Las puertas del ascensor seguían abiertas. Todavía podía bajar al vestíbulo y volver a lo de siempre, a la falta de emoción, a la falta de riesgo, al chocolate caliente...

Quitó el pestillo y entró con Leila en la suite. El dormitorio estaba cerca, pero el sofá lo estaba más. Era diminuta debajo de él, pero no había esperado que fuese tan apasionada ni que utilizara sus dientes para agarrarle la piel ni que se quitara la ropa con tanta naturalidad.

Tiró de los botones de su camisa como una tigresa liberada de una jaula que se había impuesto ella misma. Era inocente, pero profundamente sensual y cuando la besó abrazándola, ella le abrió la boca.

—¿Tienes una idea de lo hermosa que eres? —preguntó él cuando ella gimió con anhelo.

—¿Tienes una idea de lo cursi que suena eso? —preguntó ella separando la cabeza para mirarlo.

—¿Y tú eras la hermana modosita? —le preguntó él riéndose.

—Hasta que tú llegaste...

Ella no pudo terminar y cuando le tomó los abundantes pechos con las manos y le acarició la delicada curva de los muslos, se cimbreó con impaciencia debajo de él.

—¿Te has puesto esta ropa interior solo para volverme loco?

Rafa estaba pasándole el pulgar por los pezones, por encima de la fina tela del sujetador, y ella tardó un poco en contestar. Cuando se miró el encaje rojo semitransparente, tuvo que reconocerlo.

—Me había olvidado de que la había comprado para...

Para ir a la fiesta con cierta seguridad en sí misma.

Rafa la besaba por el cuello y ella dejó escapar un gruñido introduciendo los dedos entre su pelo para que no se apartara.

—Umm... Me gusta...

—¿Cuánto te gusta? —preguntó él separándose para mirarla.

—Lo suficiente como para que no pares.

Ella arqueó la espalda para acercarle los pechos y se preguntó qué más podría hacerle en otras partes del cuerpo. Nunca había pensado algo tan erótico y sintió una palpitación de placer con cada pensamiento.

—Te necesito —murmuró ella sin saber muy bien lo que quería decir.

–Creo que puedo darte eso –susurró él.

Rafa cambió de posición y ella pudo notar cuánto la deseaba... y cuando introdujo los dedos por debajo del tanga...

–Es casi una pena quitártelo.

–Por favor, que eso no te lo impida –susurró ella sin apartar los labios de los de él.

–Es muy atrevido por tu parte, Leila Skavanga.

Estaba acariciándola lentamente y no pensaba distraerlo dándole conversación.

–No hace falta que hagas nada –siguió él mientras le quitaba la poca ropa que le quedaba.

Ella, deslumbrada por el erotismo, pensó que le parecía perfecto.

–Puedes dejarlo todo en mis manos y sentirte segura.

¿Segura con Rafa? Dejarlo todo en sus manos era como dejar la realidad al margen para recogerla en otro momento. Formaban una pareja tan disparatada que sabía que no volvería a suceder. Cuando fuera a su isla, todo trataría sobre trabajo. Ya habrían olvidado que eso había sucedido. Si Dios quería... Suspiró de placer cuando la besó por el cuello, siguió por los pezones y bajó hasta el punto clave donde se juntaban los muslos. Nunca había estado tan excitada y cuando le separó los pliegues con la lengua... cuando la puso debajo de él...

–Eres insoportable –murmuró ella cuando él hizo algo increíble con las manos.

–Eso me han dicho –confirmó él sin importarle lo más mínimo.

–No quiero saber qué ha dicho nadie más.

–No hay nadie más, Leila.

–Por el momento.

–No hay nadie más –repitió él mirándola a los ojos.

–Estoy al mando.

–Desde luego –confirmó él mientras ella forcejeaba con el cinturón de él.

Cuando se lo quitó de las hebillas, se encontró con un elegante botón de cuerno y la cremallera.

–¿Te rindes tan fácilmente? –bromeó él cuando ella se apartó.

–Solo estoy tomándome un momento.

¿Al mando...? Su voz temblorosa la delataba. Estaba perdiendo el arrojo. Rafa tenía mucha experiencia y ella no tenía ninguna en ese terreno.

–Puedes tardar lo que quieras. Eso le da más emoción.

Podía tardar más en corresponderle de lo que él se imaginaba.

–¿Acaso prefieres que te seduzca a ser la seductora?

Afortunadamente, él no esperó a que contestara. La tomó en brazos, la llevó a su dormitorio, la tumbó en la cama enorme y la besó en el cuello con un brillo burlón en los ojos.

Todo mejoró cuando él le levantó las manos por encima de la cabeza. Estaba feliz de dejarlo todo en sus manos. Su caricia más leve la llevaba al límite. Estaba tan excitada que él tenía que hacer un esfuerzo para ir despacio, sobre todo, cuando Leila Skavanga era la mujer más deseable que había conocido. La avidez de ella se sumaba a su atractivo seductor y le disparaba el anhelo, lo que había empezado como un encuentro intrigante se había convertido en un ejercicio de dominio de sí mismo. Solo lamentaba que no tuvieran el tiempo suficiente para deleitarse el uno con el otro tanto como le gustaría.

–¡Ni se te ocurra parar! –le advirtió ella cuando él se apartó un poco.

Ella le tomó la mano y él pudo percibir su anhelo abrasador sin necesidad de ahondar. Tuvo que decirle que se calmara mientras buscaba la chaqueta.

—He dicho que no pares —insistió ella.

—Y yo he dicho que necesitamos tomarnos un minuto.

La besó para convencerla, pero también estaba desatado. La deseaba... y no solo por el sexo fácil. Su voracidad era irracional. Ese deseo lo había llevado por delante como si fuese un tren de carga. Nunca había sentido eso por una mujer. Quería que Leila lo deseara como él la deseaba a ella. Quería arrastrarla hasta el infierno y recuperarla mientras veía el placer que le desencajaba el rostro, quería dejarle su marca grabada a fuego en su cerebro para que no pudiera haber nadie más...

—¿Soy malo?

Él lo murmuró cuando ella perdió la paciencia por lo mucho que tardaba en protegerse, y protegerlos, y lo agarró de la mano para apremiarlo.

—Haces que sea mala.

—Es una discusión ridícula.

Leila lo agarró del cuello, un gesto de confianza en él, y sintió una oleada abrasadora que lo dominaba.

—Hacemos que los dos seamos malos —corrigió ella con una sonrisa mientras él la tomaba entre los brazos.

Él no iba a discutirlo. Había algo entre ellos que no podía explicar, una pasión como no había conocido antes. No la había tocado casi cuando volvió a alcanzar el clímax entre gritos y tuvo que agarrarla con fuerza mientras, llevada por el placer, se retorcía debajo de él. Sonrió cuando se serenó un poco.

—Podría ser una noche muy larga, señorita Skavanga.

—Eso espero, sinceramente —dijo ella todavía aturdida.

Sin embargo, se repuso, se apartó un poco para mirarlo y se sonrojó.

–No tienes que disculparte por tu entusiasmo cuando se trata de sexo –replicó él besándola para tranquilizarla–, pero si quieres que pare...

–No –le interrumpió ella tajantemente–. Ni se te ocurra parar.

Él se rio y la besó en la boca. Eso estaba empezando a ser algo extraordinario. Leila era una experiencia única, hacía que se sintiera como no se había sentido antes. ¿Por qué no podían convertir eso en lo habitual? Ella debería ir a su isla y quedarse. Sin embargo, ¿necesitaba una complicación así? No. Aunque cuando Leila se acurrucó debajo de su brazo, le pareció tan atractiva que tuvo que hacer un esfuerzo para recordarse que había visto el daño que podían hacer la relaciones; el aburrimiento, los lazos irracionales que se ponían las personas, la tragedia de los hijos que nadie había previsto ni quería. Ver a esos hijos que nunca pasaban tiempo de verdad con sus padres y que vivían con niñeras y...

–Rafa...

–Sigo contigo –afirmó él con una sonrisa cautelosa.

La besó en la punta de la nariz al verla tan confiada entre sus brazos y con la preocupación por él reflejada en los ojos. No era el mejor preludio para una noche de sexo desenfrenado, pero, por una vez en su vida, no estaba seguro de que quisiera eso, aunque nunca había deseado tanto a una mujer. ¿Qué estaba pensando? Ella no cabía en una vida que se había construido a su medida. Había levantado la mayor cadena de joyerías del mundo, tenía oficinas por todo el mundo y miles de personas dependían de él. No podía perder el tiempo con una mujer, aunque esa mujer fuese Leila Skavanga. Sobre todo, si era Leila, quien era muy joven y confiada y quien tenía toda la vida por delante. Fuera lo que fuese lo que creía que estaba sintiendo por ella en ese momento, tenía que recordar que su corazón era un motor para moverle el cuerpo y nada más. En su corazón no cabían los sentimientos y mucho menos un capricho como Leila. Sin embargo, antes de que pudiera pensar en las consecuencias de implicar los sentimientos, ella volvió a sorprenderlo cuando lo tomó con su manita y lo dirigió. ¿Dónde estaba su dominio de sí mismo del que tanto se vanagloriaba?

–¿Estás segura? –se sintió obligado a preguntarle.

–Nunca he estado más segura de nada en mi vida –contestó ella mirándolo a los ojos.

Él nunca había tenido más cuidado en su vida. Quería que ella disfrutara de cada instante y se detuvo cuando ella gimió.

–¿Estás bien?

–Sí –contestó ella moviéndose para que él entrara más profundamente.

Quería saborear esa sensación increíble, pero ella estaba impaciente y, tomándole el trasero, la colocó mejor.

–¿Todavía estás bien? –le preguntó él entrando más todavía.

–¿Realmente se supone que es así de maravilloso?

–Supongo –susurró él besándola–. Si no, ¿por qué iba a querer hacerlo todo el mundo?

–¿Contigo? –preguntó ella abriendo mucho los ojos.

–Hay otros hombres.

–¿De verdad? –susurró ella casi riéndose–. No tenía ni idea de que pudiera ser así –reconoció ella cuando él se detuvo para deleitarse de estar tan dentro–. Me siento...

No pudo decirle cómo se sentía porque dejó escapar un aullido y empezó a contonearse espasmódicamente. Él tuvo que hacer acopio de toda su destreza para mantenerla debajo y que pudiera disfrutar plenamente.

–¡Increíble! –exclamó ella entre jadeos–. Eres asombroso...

Él se rio acariciándole el cuello con la barba incipiente.

–Y tú eres una mujer muy voraz, Leila Skavanga.

–¿Te has dado cuenta? –preguntó ella con una sonrisa mientras él la besaba.

Él respondió moviéndose otra vez. Para él, ella sí que era asombrosa.

–Más –insistió ella cuando ya llevaban tanto tiempo en la cama que empezaba a amanecer.

–Debería levantarme –replicó él a regañadientes porque sabía que le esperaba un vuelo muy largo–. Tengo que hacer el equipaje y el plan de vuelo antes de la boda.

–Eres un chulo –bromeó ella.

Solo tenía que mirarla a los ojos para que quisiera posponer el vuelo, conseguía que quisiera posponer el resto de su vida para estar con ella.

–Quédate –le pidió ella al captar sus dudas–. Quédate en Skavanga conmigo, Rafa. ¿Por qué no?

–Nada me gustaría más, pero...

–Pero no puedes –terminó ella con resignación.

¿Qué podía decir? Tenía que volver a su vida, como ella...

–Cuando vayas a la isla...

Ella le puso un dedo en los labios para callarlo.

–No lo digas, Rafa. Lo sé. Tú tienes tu vida y yo tengo la mía. Ha sido una noche muy especial, pero nada más. Cuando visite la isla, lo haré por trabajo y nada más. Puedes confiar en que cumpliré mi parte del trato, como espero que tú respetes la relación profesional que tenemos. En cuanto a la boda, preferiría que no se trasluciera nada si te parece bien. No quiero fastidiar a mis hermanas precisamente hoy. Además, Britt me emplea para que dirija el museo y es importante que se tome mi visita a la isla tan en serio como me la tomo yo.

–Entiendo.

Ella se lo había puesto más fácil y eso, paradójicamente, solo conseguía que se sintiera peor. Estaba recostada sobre las almohadas y con la mirada perdida, estaba siendo valiente como lo había sido sobre muchas cosas en su vida. ¿Cuántas noches había pasado con una mujer y solo había sentido alivio cuando ella se había marchado por la mañana? Eso no era lo que sentía en ese momento, ni mucho menos.

–Vete y dúchate. No llegues tarde a la boda de tu hermana.

Ella se levantó de la cama. Esa noche increíble había terminado.

–¿Sigues pensando en ir a la isla? –le preguntó Rafa cuando ella llegó a la puerta.

–Claro –contestó ella con firmeza–. Nada ha cambiado.

Sin embargo, algo había cambiado y los dos lo sabían.

Capítulo 5

TODO había cambiado en su vida desde que conoció a Rafa y ya iba a su isla. Britt la había metido en clase *business* para la primera parte del viaje, pero la amplitud y el trato le dejaban demasiado tiempo para pensar en Rafa y en lo mucho que lo echaba de menos... y en lo mucho que tenía que decirle. Volvió a recordar la boda. No se hablaron casi durante todo el día. Ella había estado ocupada con sus obligaciones como dama de honor y él había tenido que marcharse pronto para tomar el vuelo. Algún sistema de alarma interno la había avisado del momento cuando se marchó y la espantosa sensación de pérdida no la había abandonado desde entonces. Quizá no la abandonara jamás. ¿Relación profesional? La promesa que se habían hecho de mantener la relación profesional le parecía que ya no tenía sentido. Quizá Rafa pudiera aceptarlo, pero él no sabía...

–Tiene que abrocharse el cinturón de seguridad, señorita Skavanga.

La amable azafata la sacó de sus pensamientos y se abrochó el cinturón de seguridad.

–Lo siento, no la había visto. Estaba...

Soñando despierta, se dijo a sí misma.

–Bienvenida a la isla Montaña de Fuego, señorita.

La isla Montaña de Fuego. Qué nombre tan adecuado. Miró por la ventanilla y sintió un arrebato de amor hacia Rafa enorme y muy inoportuno. Tenía que disimular esos sentimientos. Rafa tenía que saber que tenía un dominio absoluto de sí misma y eso implicaba que no podía mirarlo con deleite ni anhelarlo ni nada. Para pensar en otra cosa, volvió a mirar por la ventanilla mientras se preparaban para aterrizar. Vista desde el aire, la isla era sorprendentemente verde y frondosa. Una franja de arena blanca bañada por un mar azul bordeaba un lado de la isla mientras que un mar bravío rompía contra las rocas negras de la costa opuesta. La joven azafata le explicó que aterrizarían en el norte de la isla.

—El sur es más suave y tiene unas playas fabulosas —siguió la azafata.

Ella se imaginó que la fortaleza de Rafa estaría en el norte, bien defendida del mundo por montañas escarpadas y un mar amenazante.

—¿Por qué no te sientas conmigo mientras aterrizamos, Elena?

Quería saber muchas cosas sobre la isla y sobre el hombre que vivía allí, el hombre de quien, inesperadamente, esperaba un hijo.

—¿Dónde está el castillo? —le preguntó en cuanto se abrochó el cinturón de seguridad.

—La casa del señor León está en el sur de la isla. Antiguamente, se creía que el norte, con sus rocas traicioneras, era impenetrable y podía defenderse solo mientras que el sur era suave y vulnerable. Por eso, los antepasados del señor León construyeron allí el castillo —le explicó la azafata al ver la expresión de sorpresa de Leila—. El castillo es increíble. El señor León lleva años trabajando en él. ¿Lo ha visto ya?

—No, no lo he visto.

Leila la miró con interés. Era una joven muy guapa, pero ¿por qué estaba portándose ella como una enamorada celosa? Ya era hora de que se quitara de la cabeza esa añoranza sin sentido por Rafa. Sin embargo, ¿cómo iba a apartarlo de su vida ya?

–No es nada amenazador –siguió Elena interrumpiendo sus pensamientos–. El señor León ha hecho gran parte del trabajo él mismo y todo los años celebra una fiesta para que sus empleados podamos ver sus avances. Es un hombre muy generoso.

Y la prensa lo calificaba de despiadado... La agitación por pensar que era el hombre que siempre había soñado como padre de su añorado hijo mezclada con el remordimiento por no haber podido localizarlo para decirle que esperaba un hijo estaba poniéndola nerviosa

–Creo que... los estudios de diseño del señor León... están aquí, en la isla –balbució ella.

–Pronto los sobrevolaremos. ¿Va a trabajar ahí? –le preguntó Elena.

Afortunadamente, Elena no podía saber la agitación que la dominaba.

–Probablemente.

Ni siquiera estaba segura de eso. Había mandado varios correos electrónicos a la sede central de Rafa para intentar ponerse en contacto con él y, al final, se había presentado a través de Recursos Humanos, pero cuando explicó sus ideas para una exposición en Skavanga, le dijeron que el señor León sería quien tomara la decisión. Sin embargo, ¿dónde estaba? Nadie se lo decía y su investigación no había aclarado nada.

–¡Ahí está él! –exclamó Elena devolviéndola al presente.

Cuando el avión tomó tierra, ella pudo vislumbrar por un instante a una figura inconfundible. Rafa León, apoyado en un Jeep, estaba exactamente como lo recordaba: poderoso, duro, soltero por convencimiento, un hombre que no quería tener unos hijos que le alteraran una vida que discurría como la seda. Ojalá hubiese mandado a un conductor para que hubiese tenido un poco de tiempo para serenarse. Anhelaba verlo otra vez, pero le daba miedo el primer encuentro, le daba miedo lo que podría ver en sus ojos. Nada sería espantoso, el presentimiento sería peor. Tenía que decirle la noticia antes de que él la descubriera. ¿Qué vería él en sus ojos? ¿Remordimiento? Querría saber por qué no se lo había dicho en cuanto supo que estaba embarazada. Se paró en lo alto de la escalerilla del avión y se preparó.

–¿Con cuánta frecuencia salen estos vuelos? –le preguntó a la azafata mientras Rafa se acercaba con grandes zancadas.

–Siempre que el señor León pide el avión –contestó Elena–. No hay otra forma de salir de la isla. Ningún transbordador podría atracar en el norte, como ha visto, la costa es muy escarpada. En el sur, todo son helicópteros y yates privados, la mayoría, del señor León o de su empresa.

Entonces, estaba atrapada en la isla de Rafa, no podía salir sin su permiso. ¿Por qué no lo había previsto y había organizado la cita en un sitio más neutral?

–Leila...

Ya era demasiado tarde. Esa voz profunda y cálida la desarmó e hizo que se olvidara de todo menos de verlo otra vez, aunque se dio cuenta de que estaba contenido y decepcionantemente inexpresivo.

–Rafa...

Bajó la escalerilla y le tendió la mano para estar a la altura de su aire formal.

–Me alegro de verte otra vez.

–Y yo a ti, Leila.

Él pasó por alto su mano y se quitó las gafas de sol. Esa mirada penetrante, esos ojos increíbles que podían alcanzarle el alma. ¿Podía ver la verdad? Miró hacia otro lado, pero ya había captado la curiosidad en su mirada. Nada se le pasaba por alto a Rafa, podía captar hasta el más mínimo cambio del lenguaje corporal. La miraba detenidamente para observar algún indicio de que pudiera pedirle algo después de lo que pasó en la fiesta. Se serenó y levantó la cabeza para mirarlo a los ojos. Britt le había dicho que esa capacidad de observación le había ayudado mucho a su éxito y que era inigualable cuando se trataba de captar cosas que otras personas no veían, y que eso era lo que lo elevaba por encima de los demás. Haría muy bien en recordarlo.

—¿Estás bien, Leila?

—Sí, muy bien, gracias. ¿Y tú?

Él asintió con la cabeza. Solo llevaba unos vaqueros desgastados y una camiseta oscura y ceñida, pero estaba impresionante. Aspiró el aroma punzante de su colonia. Estaban tan cerca que podía ver las manchas color ámbar de sus ojos marrón oscuro y sentir esa fuerza que la abrasaba. Era imposible olvidarse de lo que había pasado entre ellos, o de las consecuencias de la única noche que habían pasado juntos.

—Déjame que te lleve el equipaje —dijo él intentando tomar su bolsa.

—Puedo apañarme, gracias.

—No hace falta que te apañes, Leila.

Rafa parecía algo impaciente, pero no podía reprochárselo si recordaba la última vez que se entrevieron a través del gentío que había en el salón de baile durante la boda de Eva. Había estado demasiado ocupada para hablar con él, aunque la noche anterior se había desenfrenado entre sus brazos. En ese momento, las consecuencias de esa noche, consecuencias que Rafa no sabía todavía, tendrían que salir a la luz y tendrían que hablar de ellas. Les quedaba un rato incómodo por delante, por decirlo suavemente. Lo siguió al Jeep decidida a mantener la serenidad, pero una vez dentro con las puertas cerradas, notó la tensión que los rodeaba.

–Estás muy callada –comentó Rafa mientras encendía el motor–. ¿Tienes que decirme algo?

–¿Sobre el museo? –preguntó ella con la garganta seca.

–Sobre el museo, claro.

Rafa se puso las gafas, metió la marcha y quitó el freno de mano. Claro. ¿De qué iban a hablar si no? La conversación entre ellos era tan rígida y formal que no estaba segura de que pudiera reconducir la situación. Miró su perfil y comprobó que su expresión no tenía nada de amable.

–¿Viste el correo que te mandé?

–¿Un correo? –él frunció el ceño con un gesto amenazante–. ¿Qué correo?

–El que mandé a tu empresa para presentarme a tu equipo. Te mandé una copia.

Rafa frunció más el ceño. Nadie la desquiciaba tanto como él y tuvo que añadir algo.

–¿No pensabas leerlo?

–Lo miraré si está en mi buzón de entrada –contestó él mirándola fijamente.

–Rafa, desapareciste de la faz de la Tierra. ¿Dónde te has metido?

–Ocupado, cuidando a mi abuela. No ha estado bien últimamente.

–Lo siento –ella se sonrojó por el bochorno de haberlo juzgado tan mal–. Espero que esté mejor.

Rafa asintió con la cabeza y ella sintió un arrebato de remordimiento. Había estado tan centrada en sus preocupaciones que no se había parado a pensar por qué podría haber desaparecido él.

Había visto un motón de correos esperándolo, pero se había concentrado en su abuela y no los había mirado. Se consideraba que su abuela era eterna y que no podía enfermar. Eso no era culpa de Leila, pero tenía algo que lo ponía nervioso. Todavía no sabía qué era, pero lo sabría. Verla lo había alterado. Había creído que podría sobrellevarlo, pero ya no estaba tan seguro.

—En el futuro, me cercioraré de que tus correos sean los primeros del montón —ofreció él para construir una relación de trabajo.

—Gracias, Rafa.

Hasta esa réplica tan neutra hizo que recelara. Estaba tan tibia que le producía curiosidad. La Leila que él conocía era de pocas palabras, pero se defendía, y era divertida y alegre. Esa Leila era distante y reservada. Un cambio tan radical no podía deberse solo a que quisiera mantener un tono profesional, algo que no iba a ser fácil para ninguno de los dos. A él le costaba encontrar una actitud cómoda con una mujer que había sido su amante y que en ese momento era una colega. Habría sido más fácil con cualquier otra mujer porque la mayoría de las mujeres no querían lo mismo que ella, eran mucho más calculadoras. Leila, sin embargo, siempre había dejado claro que lo quería todo: el final feliz, el hogar, los hijos... no tanto el marido complaciente, aunque se lo merecía. Sin embargo, él no estaba hecho para nada de eso. Era un soltero recalcitrante que había aprendido a sofocar sus sentimientos desde que era muy joven.

—Como no has recibido mi correo, espero que mis ideas sobre la exposición no te parezcan demasiado ambiciosas, Rafa.

Él volvió a captar tensión en su voz y se preguntó el motivo.

—Nada de lo que hagas va a sorprenderme, Leila.

Ella había mirado hacia otro lado cuando él solo había querido relajar el ambiente. Ya estaba seguro de que ella estaba ocultando algo.

—Llegaremos dentro de veinte minutos —añadió él.

Leila se recordó que estaba allí para trabajar. Rafa no tenía que ser el hombre que recordaba y no esperaba que lo fuese. Además, mientras estuviese en la isla, tendría muchas ocasiones de decirle que estaba embarazada. Si iban a trabajar juntos, tenía que encauzarlo todo antes de que abordara algo personal.

—Estoy impaciente por saber más cosas sobre tus joyas.

Rafa se limitó a inclinar la cabeza para indicar que la había oído. No podía dejarlo así. Tenía que enderezar las cosas entre ellos.

—Ya sé que eres mucho más sofisticado que yo, pero...

—No sufras, Leila —le interrumpió él sin dejar de mirar la carretera—. Estás aquí para trabajar, como yo. No entro en tus planes ni tú en los míos, al menos, en el sentido personal. ¿Te tranquiliza eso?

Se le encogió el estómago. No podía haber dejado más claro que no quería ningún recordatorio de su encuentro breve y apasionado.

—Estoy tranquila —mintió ella, que solo pensaba en el bebé.

¿Cómo podía decírselo? Tenía que encontrar la manera. Siguieron un rato en silencio. Miraba por la ventanilla y el paisaje increíble acabó calando en su estado de ánimo sombrío. La isla de Rafa era preciosa y no podía permanecer indiferente. El avión no había sobrevolado esa parte de la isla. Los campos eran fértiles y estaban bien cuidados. Atravesaron preciosos pueblos con casas blancas en colinas rebosantes de árboles hasta que, por fin, se giró hacia ella.

—Este es el pueblo donde vivo.

Ella miró con interés las calles adoquinadas y la pequeña plaza con puestos callejeros donde se vendían los productos de la zona. Cuando salieron del pueblo, ascendieron por una carretera estrecha desde donde se veía el resplandeciente mar azul.

−¡Es precioso! −exclamó ella relajándose por primera vez desde que había llegado.

−Espera hasta que veas el castillo. Está ahí, en lo más alto.

Cuando lo vio cerniéndose por encima de ella, todos sus miedos volvieron. Si por lo menos Rafa supiera que estaba esperando un hijo y pudieran celebrarlo juntos... Aunque la verdad era que él, tal y como pensaba sobre el asunto, no lo celebraría nunca. Lo miró mientras él le contaba la historia del edificio que estaba intentando salvar con tanto trabajo y deseó no tener ningún secreto para poder disfrutar plenamente de ese viaje. Sin embargo, la mayor sorpresa llegó cuando pasaron por debajo del imponente arco de piedra para entrar en el patio del castillo. En vez de sentirse enclaustrada, como había esperado, estar dentro de la antigua fortaleza le elevó el ánimo. El castillo se construyó para defender la isla de los invasores, pero parecía más un gigante simpático que un monstruo amenazador.

−Todo el mundo dice lo mismo −dijo él cuando ella se lo comentó−. Creo que el reflejo del sol en las piedras hace que parezca acogedor.

Al menos, estaban hablando, pensó ella con alivio. Si pudieran seguir así, quizá la tensión empezara a relajarse, podrían acercase y hablar tranquilamente del bebé.

−El mismo edificio, bajo el cielo gris de Skavanga, no parecería tan atractivo como este.

−Seguramente tengas razón. Espero que el interior no te decepcione. Solo habito una pequeña parte del castillo y, poco a poco, estoy transformando el resto en un museo.

−Los museos están convirtiéndose en un tema recurrente entre nosotros –comentó ella mientras él apagaba el motor.

Sin embargo, no siguió cuando captó algo en los ojos de Rafa, como si le dijeran que no había temas en común entre ellos.

–Te he alojado en uno de los torreones de invitados –se limitó a replicar él mientras se bajaban del Jeep.

–Como a Rapunzel –comentó ella mirando la torre almenada.

–Como a alguien a quien me ha parecido que podría gustarle la vista.

–He venido a trabajar, no a mirar todo el día por la ventana –le recordó ella para mantener viva la conversación.

Además, él no iba a trepar por su cabellera, se dijo a sí misma mientras él la miraba fijamente.

–Le pediré al ama de llaves que te ayude a instalarte.

Él se apartó como si estuviera impaciente por marcharse. ¿El ama de llaves? El castillo, y toda su forma de vida, resaltaban la diferencia abismal que había entre ellos, y todavía tenía que hablarle del bebé...

–Leila...

Habían subido un tramo de escalones de piedra y se habían detenido delante de una puerta enorme con remaches de hierro.

–¿Qué...?

Leila se dio la vuelta, pero él no dijo nada más. Ella se alegró cuando la puerta se abrió y una mujer, algo mayor y sonriente, los saludó.

–Leila, te presento a María, mi ama de llaves. María, te presento a la señorita Skavanga.

–Llámame Leila, por favor –le pidió ella cuando la mujer asintió con la cabeza y sonrió.

Rafa se excusó casi inmediatamente.

–Tengo que trabajar en la obra –explicó él.

–Gracias por ir a recogerme...

Ella se dio la vuelta para decírselo, pero él ya estaba bajando apresuradamente los escalones.

–¿Le acompaño a su habitación, señorita?

–Gracias, María.

Agradecía la sonrisa amable de la mujer. Nunca se había sentido tan sola ni tan lejos de su casa.

El apartamento del torreón parecía sacado de un cuento de hadas. Estaba exquisitamente decorado y tenía unas vistas impresionantes de los campos y los árboles que se perdían en las ondulantes colinas. Se asomó a la ventana y aspiró el aire que olía a flores, pero no era el momento de soñar despierta. Tenía que instalarse y buscar a Rafa para que pudieran tener esa conversación. Nunca se había retrasado, pero tampoco había estado segura hasta que fue a la farmacia y compró una prueba... varias pruebas y lo supo con certeza. Estaba embarazada. Sonó el teléfono y salió del ensimismamiento. Era Rafa y el corazón se le aceleró. Sentía mucho remordimiento, pero no podía decírselo por teléfono.

–¿Podrías estar lista dentro de media hora?

Se acordó del maravilloso cuarto de baño de mármol y de todos los productos que tenía y decidió que podía darse una ducha.

–Sí, media hora estaría bien.

Cuando colgó el teléfono, cayó en la cuenta de que ni siquiera había preguntado dónde iban a encontrarse. Tenía que espabilar si iba a darle la noticia a Rafa. No podía ni imaginarse que fuese a recibirla bien y tenía que estar preparada.

El resto del día pasó mejor de lo que había esperado. Rafa la recogió en el Jeep y la llevó a una de sus instalaciones de la isla, pero también llevó a un empleado y, una vez más, no pudo darle la noticia. Los laboratorios eran tan limpios y asépticos como la actitud de Rafa hacia ella. Volvían a los espacios reducidos, se dijo a sí misma mientras bajaban en ascensor a una de las cámaras acorazadas. Tenía que tranquilizarse. Rafa la acompañó a una habitación con aire acondicionado donde solo había una mesa con un espejo, seguramente, para que sus clientes más distinguidos pudieran probarse las joyas en la más absoluta intimidad.

—Sé que muchas de tus joyas tienen historia y he leído sobre algunas de ellas.

Rafa inclinó la cabeza como si fuesen dos desconocidos que hacían negocios, y, efectivamente, lo eran, o deberían serlo. Luego, él extendió una colección increíble delante de ella.

—Pueden usarse de muchas maneras —le explicó él mientras apartaba uno de los collares—. Por ejemplo, estas gotas pueden separarse y llevarse como pendientes...

Él le rozó una mejilla cuando se las acercó a la cara y toda su piel se estremeció.

—Muy bonitos —comentó ella desviando la mirada para no ver a Rafa reflejado en el espejo.

—Estas... —él le mostró una hilera de perlas— pueden llevarse como un collar o, si las sujetas con este cierre de diamantes, como una gargantilla...

Él tuvo que oír que tomaba aliento cuando le rozó con las manos las clavículas y las perlas quedaron sobre su piel recalentada, pero lo miró a los ojos y no le dijeron nada.

—Leila...

Ella parpadeó para intentar concentrarse en lo que debería estar aprendiendo.

—Volveré a guardar las perlas en la caja fuerte. Si has terminado, claro.

—Claro —repitió ella con la voz ronca.

Podía ver a Rafa detrás de ella y mirándola. Era entonces cuando...

—¿Puedo reservar las perlas para Skavanga?

Rafa ya estaba dándose la vuelta mientras hacía la pregunta y guardaba las joyas en su estuche. Las paredes la oprimían, la dejaban sin respiración y le impedían hablarle del hijo que esperaba.

—Sí, por favor, resérvalas —consiguió contestar ella con un susurro.

Él habría preferido desvestirla, rociarla de joyas y poseerla sobre la mesa, pero eso se lo decía el lobo que llevaba dentro y Leila era un cordero vulnerable. Había visto el anhelo en sus ojos desde que llegó a la isla, por fin había comprendido que eso era lo que lo había puesto nervioso de ella. En ese momento, sabía que no podía cautivarla. Habían pasado una noche apasionada y había sido un error que no pensaba repetir. Ella se merecía algo mejor que lo que él podía llegar a ser. Lo había tentado, pero eso había pasado y ella estaba allí por trabajo. Su padre había utilizado a las mujeres como si fuesen juguetes, pero él no iba a convertirse en un hombre así.

—Ya está bien por hoy —comentó él sin dejar de pensar en el pasado.

Ya había estado bastante tiempo con ella y necesitaba cierta distancia. Al volver a verla había comprobado que sus sentimientos, en vez de desvanecerse, se habían intensificado mientras estuvieron separados.

Capítulo 6

LOS días siguientes pasaron tranquilos entre ellos. Su historia era demasiado compleja como para que estuvieran en ascuas todo el rato. La cercanía los llevó a hacerse confidencias y bromas, pero ella no consiguió saber si el tono de Rafa era íntimo o solo se debía a la pasión por el tema. No sabía si la miraba a los ojos para intentar encontrar el mismo entusiasmo que sentía él por los tesoros que estaba enseñándole. Solo sabía que estaba arrebatándole el corazón otra vez aunque cada uno se fuera a su cama todas las noches... Ella dormía alterada y se preguntaba si a él le pasaría lo mismo. Cada vez estaba más convencida de que, si aguantaba un poco más, llegaría el momento idóneo para hablarle del hijo y de que los dos serían felices con la noticia. No quería precipitarse porque estaba tratando con un hombre para el que la perspectiva de una vida familiar era cualquier cosa menos atractiva. No había esperado que fuesen a trabajar tan cerca físicamente. Algunas veces, la tensión brotaba entre ellos y se preguntaba si los dos la sofocaban, pero, otras veces, se decía a sí misma que estaba siendo ridícula. Algunas veces, se quedaba mirando a Rafa en vez de las joyas... ¿Los diamantes o su boca tan sexy? ¿Una esmeralda o el brillo de sus ojos?

–¿Qué miras? –le preguntó él un día con una sonrisa.

–A ti –reconoció ella–. Estaba pensando lo distinto que eres de lo que dice la prensa.

–Todos mostramos aspectos distintos –comentó él mientras recogía las joyas.

–¿Y tú tienes más que la mayoría? –preguntó ella en tono desenfadado.

–Te diré uno que puede sorprenderte –contestó él cerrando la sala acorazada–. Soy inmune a la fascinación de los diamantes. Admiro cómo están tallados y distingo uno bueno cuando lo veo, pero prefiero cosas como la sinceridad y la lealtad. Valoro mucho más esas virtudes que cualquier piedra dura y fría. Para mí, los diamantes solo son el medio para alcanzar un fin. Me dan el dinero que me permite financiar las causas que me interesan.

Sinceridad y lealtad... pensó ella mientras Rafa llamaba al ascensor. ¿Qué pensaría él sobre su sinceridad si se enteraba de que estaba esperando un hijo?

–La exposición que tienes pensada será positiva para los dos –siguió él mientras esperaban–. Casi tiré mi primer diamante... –él se apartó para que ella entrara en el ascensor, pulsó el botón y empezaron a subir–. Mi padre, que no se distinguía por su tolerancia, trajo una piedra especialmente grande de India. No aprecié el valor de esa piedra de aspecto anodino y la tuve en mi cuarto durante más de una semana, hasta que él la encontró.

Ella se rio, pero fue una risa forzada. Preferiría estar hablando de lo que sentía más cerca del corazón. Hasta que Rafa siguió.

–Mi padre siempre estaba furioso con alguno de sus hijos –él entrecerró los ojos mientras recordaba–. Los hijos no estábamos previstos en la vida que se había planeado. Más que nada, éramos un inconveniente para él. Una consecuencia inoportuna de su... imprudencia.

El alma se le cayó a los pies. Ellos habían sido imprudentes, pero, para ella, su hijo sería cualquier cosa menos una consecuencia inoportuna, sería un hijo muy querido.

–Mi familia no está unida como la tuya, Leila –siguió él–. No tengo un modelo a seguir ni una esposa ni un hijo, ni pienso cambiar esa situación.

–¿No quieres tener hijos? –le pregunta retumbó en la caja de acero.

–No –contestó él lacónicamente–. Te he contado cosas que no le había contado a nadie –reconoció Rafa mientras salían–. Debe de ser por la sinceridad que transmite tu rostro.

Se la retorcieron las entrañas al pensar en la relación tan poco sincera que tenía con él.

–Te pido disculpas si te he parecido brusco ahí abajo. No pretendía...

–El pasado nos asalta algunas veces, Rafa, hay algo que quiero...

Él se detuvo a hablar con uno de los técnicos en el aparcamiento. Todos estaban saliendo para almorzar y cuando se dirigió otra vez a ella, el momento había pasado.

–Confío en ti, Leila Skavanga, y no puedo decir lo mismo de mucha gente.

Eso estaba empeorando por momentos.

–Yo también confío en ti –replicó ella con la garganta seca.

–Vamos a volver. Tengo hambre, ¿tú no? –preguntó él.

–Me muero de hambre.

–Luego, tengo que volver a la construcción. Espero que esta mañana hayas aprendido lo suficiente para que estés ocupada con la planificación.

–Desde luego.

Había aprendido mucho de su pasado. Era obsesivo con el castillo que estaba reconstruyendo piedra a piedra y quizá lo fuese para dejar atrás su infancia. No era el momento de hablar de un hijo que, por mucho que fuese querido, iba a nacer por un encuentro imprudente.

–Mañana tendremos una feria en el castillo –comentó él mientras se acercaban al Jeep–. Me levantaré temprano para prepararla, tendrás que desayunar sin mí.

–No te preocupes –replicó ella mientras él le abría la puerta–. Puedo apañarme sola.

Eso era mejor que estar en ascuas con él. Ya encontraría el momento de hablarle del bebé, pero lo haría de alguna manera que no le abriera más las heridas que tenía por el pasado. A lo mejor solo podían llegar a ser amigos, pero quizá lo mejor fuera conformarse con eso.

A la mañana siguiente, se despertó con una sensación cálida por dentro. El bebé hacía que se sintiera así. Nada podía aguar su alegría, ni siquiera el remordimiento. Ya podía imaginarse un hijo con el pelo moreno y rizado de Rafa y su sonrisa torcida. Si era niño, sería muy comilón y la asustaría con sus travesuras. Si era niña... Esperaba que fuese más sensata que su madre. Pensar en formar una familia sin un hombre le parecía bien en teoría, pero no podía imaginarse que Rafa fuese a quedarse de brazos cruzados mientras le hablaba de su hijo y fuese a dejarle seguir adelante sin más. Se lo diría ese mismo día. No podía dejar que pasara un minuto más. Su corazón ya sentía un amor muy especial y quería que Rafa también conociera esa alegría. Confiaba en que él se sentiría emocionado... cuando se hubiese repuesto de la impresión.

Se peinó con los dedos y salió de su cuarto. Decidió que encontraría a Rafa en el patio, donde iba a celebrarse la feria. El patio estaba lleno de puestos callejeros y tenderos que anunciaban sus productos. Lo recorrió varias veces, pero no encontró a Rafa por ningún lado y empezó a fijarse más en los puestos. Uno, dedicado a ropa para bebés, le llamó la atención inmediatamente. La ropa hecha a mano le pareció tan bonita que tuvo los brazos llenos antes de que pudiera darse cuenta.

–Leila...

Se quedó pálida mientras Rafa asimilaba la escena.

–No te había visto –comentó ella.

–Evidentemente.

El alma se le cayó a los pies. De todas las oportunidades posibles, esa era la peor. Su expresión de remordimiento la delataba y podía notar que la rabia iba apoderándose de él.

–Rafa, yo...

–Dame eso –le interrumpió él.

Le dio la espalda y se dirigió en español a la mujer que vendía la ropa. Ella se quedó completamente al margen y se sintió peor que inútil. Él había dicho que confiaba en ella, pero ¿qué diría en ese momento? ¿Qué opinaría esa gente, la gente de Rafa, sobre ella? Él había hecho mucho por ellos, había creado empleo y había devuelto la vida a la isla. Ella era una desconocida que esperaba su hijo, un hijo del que ni siquiera se atrevía a hablarle.

–Gracias –dijo ella mecánicamente cuando él se dio la vuelta con sus compras–. Te lo pagaré.

Ella le ofreció unos billetes, pero él no los tomó y le dirigió una mirada muy dura y elocuente.

–¿Has recibido alguna buena noticia de tus hermanas? –preguntó él en un tono gélido–. ¿De alguna amiga quizá?

La mirada de perplejidad de ella le contestó todo lo que quería saber.

–Leila, tu silencio es abrumador. ¿Estás comprando ropa de bebé previendo el futuro?

Tenía un nudo en la garganta. Debería ser muy fácil darle la noticia, pero lo había retrasado demasiado tiempo y no podía hacerlo.

–¿Y bien? –insistió Rafa con frialdad–. ¿No tienes que decirme nada?

Eso no se parecía nada a cómo se había imaginado que le diría a Rafa que estaba esperando un hijo. Había pensado decírselo tranquilamente, con seguridad en sí misma, para que también se quedara tranquilo y supiera que ella no esperaba nada de él.

–Es un regalo precioso –él levantó las bolsas–. Un regalo muy generoso, tanta ropa...

–Tengo que hablar contigo, Rafa. ¿Podemos ir adentro?

Rafa se limitó a inclinar un poco la cabeza. Ella había dado demasiadas cosas por supuestas. No había sabido que el pasado proyectaba su sombra sobre Rafa ni cómo se había construido su nueva vida. Había dicho que no quería hijos, pero ella pensaba sacar adelante a su hijo sola y podría conseguir que todo quedara bien entre ellos, si él le daba la ocasión de explicarse.

Una rabia gélida lo dominaba. Había confiado en Leila, le había contado lo que no había contado a nadie. Ella, sin embargo, le había ocultado la mayor verdad de todas. ¿Desde cuándo sabía que esperaba un hijo? ¿Lo sabía desde antes de llegar a la isla? Él siempre tomaba precauciones y había dado por supuesto... Nada. No era el momento de maldecir esa imprudencia tan impropia de él. Tenía que saber la verdad. La idea de que Leila pudiera estar maniobrando para atraparlo en algún tipo de trato lo desgarraba por dentro. Ella no podía haberlo planeado, pero ¿podía confiar en su juicio cuando desear a Leila era una locura que no podía dominar? La había seducido descaradamente y había comprobado que era la mujer más apasionada que había conocido.

Había prendido ese fuego y tenía que vivir con las consecuencias. Su hijo... Era increíble. ¿Por qué no se lo
había dicho antes?

–Tenías que saber que estabas embarazada antes de
que vinieras aquí –él cerró la puerta.

–Lo dices como si lo hubiese planeado.

–¿No es verdad?

Él se dio la vuelta, cruzó los brazos, se apoyó en la
mesa del despacho y la miró desde su imponente altura,
pero Leila, en vez de encogerse, se creció ante él.

–No he planeado nada. Estaba esperando el momento
adecuado para decírtelo.

–El momento adecuado –repitió él–. ¿Cuándo es el
momento adecuado, Leila?

–Ni se te ocurra –le avisó ella–. No te pido nada. Soy
capaz de sacar adelante a un hijo yo sola.

–No lo dudo. ¿Acaso no era esa tu intención? ¿Acaso
no me dijiste en la fiesta de Britt que querías tener hijos
y que no querías un hombre?

–Eso era una forma de hablar y lo sabes.

–¿De verdad? ¿Cómo voy a saber que era una forma
de hablar si no te conozco? Creía que estaba empezando
a conocerte, pero estaba equivocado. La mayoría de las
mujeres son muy francas sobre lo que quieren de mí...

–¿Y yo no? –le interrumpió ella.

–Ellas piden y reciben, ellas me dicen lo que están
dispuestas a darme a cambio.

–Me das lástima, Rafa, por participar en esas transac-
ciones tan frías.

–¡Madura, Leila! Tuvimos relaciones sexuales. Fue
una noche, no buscábamos un compromiso para toda la
vida...

–Pero existía esa posibilidad...

–Una posibilidad que tú esperabas.

–¡No!

–Una posibilidad que podría haberse evitado si hubieses mantenido las piernas juntas...

–Y si tú no te hubieses quitado los pantalones –ella se abalanzó sobre él para intentar quitarle las bolsas–. Dámelas y me marcharé encantada de la vida...

–¿Adónde? –preguntó él levantando las bolsas–. ¿Vas a volver nadando?

–Encontraré la manera de salir de tu isla –replicó ella apretando los dientes.

–Antes tenemos que aclarar algunas cosas, Leila.

–Tú no tienes que aclarar nada. Quise decírtelo, quise explicártelo sosegadamente...

–¿Qué? –él se rio–. ¿Para ayudarme a superar la impresión? ¡Ni siquiera sé si es mi hijo!

–¡Claro que es tu hijo! Era virgen...

–¿Qué...?

La reacción de Rafa la dejó atónita. Estaba con una mano en la cara como si no pudiera mirarla.

–¿Qué has dicho? –volvió a preguntar él bajando la mano y mirándola con incredulidad.

–Era virgen cuando te conocí.

No había visto jamás a Rafa mudo, pero esa forma de mirarla, perplejo y sin rastro de emoción, era más aterradora que cuando miraba con furia o desprecio.

–Perdiste la virginidad conmigo –comentó él como si tuviese que tenerlo muy claro en la cabeza.

–Sí –reconoció ella con la voz temblorosa y los ojos llenos de lágrimas.

Era la peor de sus pesadillas hecha realidad. Le habría robado a Leila el más preciado de sus dones y ni siquiera lo había sabido. Además, nacería un hijo como consecuencia de lo que había hecho. Su peor pesadilla eran dos padres en frentes opuestos e insalvables. En su trabajo, se preocupaba constantemente por las consecuencias, nunca daba un paso sin haberlas previsto, pero nunca había tenido que tener en cuenta eso.

–No me mires así –le pidió Leila–. No es lo que piensas, Rafa.

–¿Qué pienso?

–No lo sé –ella buscó las palabras acertadas–. ¿Piensas que lo he planeado? Con tu riqueza y tu título, puedo entender...

–Que eso se me pase por la cabeza –terminó él con rabia.

Sin embargo, sabía que a Leila no le importaba ni su riqueza ni su título, pero estaba demasiado alterado. Nada lo tambaleaba, nada lo conmovía, pero eso... Ella lo había conseguido.

–Tu categoría no significa nada para mí. Te aprecio, Rafa. Aprecio a Rafa el hombre. Incluso, llegué a creer que estábamos intimando, que podríamos ser amigos...

–¡Qué bonito! –él quiso taparse los oídos con las manos–. ¿Cómo sería esa amistad, Leila? ¿Querías apaciguarme antes de decirme que estabas esperando un hijo mío?

–No he maquinado nada de esto, Rafa...

–Eso dices tú.

La voz de Leila estaba cargada de emoción y su expresión lo avergonzaba, pero tenía los circuitos sobrecargados y necesitaba tiempo y distancia para pensar.

–No puedo conseguir que me creas, Rafa. Sé la verdad y eso tiene que ser suficiente para mí. Tengo que centrarme en mi hijo. Además... –ella dejó escapar un suspiro y sacudió la cabeza–. En estos momentos, no sé si quiero que formes parte de la vida de mi hijo.

–Eso no lo decides tú, Leila.

–No me mires así –volvió a pedirle ella sin alterarse–. No voy a quedarme aquí para soportar tu desprecio, Rafa. Es posible que no sea nada espacial, pero tampoco soy despreciable.

—¿Cómo debería tratarte, Leila? ¿Como al amor de mi vida? ¿Como a una mujer que conozco desde hace años y con la que había planeado tener un hijo o como a una mujer con la que me acosté una vez y se quedó embarazada?

Fue a darle una bofetada, pero él le agarró la muñeca y se quedaron mirándose con furia.

—No espero nada de eso —contestó ella en voz baja y en un tono gélido—. Espero que me trates con el respeto debido ya que soy la madre de tu hijo y nada más. No espero nada de ti en el terreno material. Nunca lo he esperado y nunca lo esperaré.

—¿De verdad? —preguntó él casi riéndose.

—No te burles de mí, Rafa, y no me midas con el mismo rasero que empleas con las demás. Pienses lo que piense de mí, no voy a permitir que me trates con desprecio.

—Entonces, ¿qué quieres, Leila?

—Nada, nada de ti —contestó ella con frialdad—. Voy a tener este hijo como madre soltera, como otras muchas mujeres, y saldré adelante.

—¿Sin mí? —él se rio—. Eres una ingenua.

—¿Una ingenua, Rafa? ¿Te hiere el orgullo que no te necesite?

Él apretó los dientes cuando un miedo atroz surgió dentro de él. Era un miedo irracional y se centraba en el nacimiento de ese hijo y en la seguridad de la mujer que tenía delante.

—No recuerdo que me hayas consultado nada de esto —replicó él.

—No tengo que consultártelo, Rafa. No soy tu empleada. Es mi cuerpo y mi hijo.

–Nuestro hijo. Tengo un buen motivo para que no quiera tener hijos...

–Muy bien, ¿por qué no me lo dices?

–Basta que sepas que no quiero tener hijos. Nunca he querido y nunca querré, y esta pequeña sorpresa que me has dado no va a cambiar nada.

–¿No puedes explicarme por qué es algo tan intenso? –le pidió ella.

Ella alargó una mano para tocarlo, pero él se apartó.

–No tienes ni idea de lo que has hecho.

Leila sacudió la cabeza lentamente y lo miró con dolor.

–¿Qué propones, Rafa? –murmuró ella–. ¿Estás pidiéndome que me deshaga del bebé?

–¿Por quién me tomas? –preguntó él aterrado por la interpretación de Leila.

–No sé cómo eres, Rafa. Creí que lo sabía, pero estaba equivocada. No entiendo por qué te opones tan firmemente a tener hijos. ¿Es por mí?

–No, es...

–¡No puedo entender que te aterre de esa manera la idea de que vaya a dar a luz! –exclamó ella con desesperación cuando él se quedó callado–. Y si no vas a decírmelo...

–No voy a decírtelo porque no es de tu incumbencia. Ya te he dicho más de lo que debería.

–Porque confiamos el uno en el otro –insistió ella–. O confiábamos.

–Se tarda mucho en conseguir la confianza, Leila, y puede perderse en un abrir y cerrar de ojos.

–¿Eso es lo que nos ha pasado, Rafa?

–¿Tú qué crees?

Las palabras de Rafa eran como bofetadas y, cuando se quedaron en silencio, la cabeza se le tambaleaba por el desconcierto y el dolor. Era lo que menos había querido que pasara cuando le contara que estaba esperando un hijo. Habían compartido muchas cosas y habían intimado mientras estaba en la isla, eso no era una ilusión. Estaba dispuesta a reconocer que la amistad había dominado a la pasión, pero, en ese momento, las dos estaban muertas. Y ella que había deseado que hubiese sido un momento cariñoso y especial... Si pudiese entender ese espanto de Rafa ante la idea de que fuese a dar a luz... Si pudiese recuperarlo... Su comportamiento era tan irracional que tenía que haber algo más que lo corroía por dentro, pero no volverían a estar unidos si no quería contárselo. Se cubrió el abdomen con una mano, como si así pudiera proteger esa vida diminuta de todos los sentimientos que la alteraban.

–No quería molestarte ni perturbarte. Estaba esperando el momento adecuado, el momento perfecto, pero ha debido de pasarse. Por favor, perdóname.

Él no pudo decir nada. Estaba vacío por dentro. Había dejado de sentir porque no sabía hacer otra cosa. Se había blindado a las emociones desde que era un niño. ¿Cómo iba a poder ser un buen padre? Los hijos no cabían en su vida. Siempre estaba avanzando para aprovechar la siguiente oportunidad o para cerrar la siguiente operación.

–Los padres enfrentados son mi peor pesadilla –siguió ella repitiendo lo que pensaba él al respecto–, quizá pudiésemos ser amigos, Rafa. Además, si de verdad no quieres participar en esto, ¿no sería mejor que volviera a Skavanga sin más líos?

–¿Líos?

Él dio vueltas a esa palabra en la cabeza. Quería que todos los líos del mundo abrumaran a Leila el día que diera a luz.

–¿Quieres volver a Skavanga? –preguntó él distraídamente.

Él ya estaba pensando en traerse a los mejores especialistas para que la atendieran allí, en la isla.

–Tal y como te sientes, sería un alivio para mí –contestó ella en voz baja.

Él estaba saliendo lentamente del túnel, estaba volviendo del pasado, y no podía creerse lo serena que estaba. Sin embargo, Leila siempre había sido el punto estable en un mar turbulento de hermanos. Además, el hijo la había cambiado. Le había dado una fuerza interior distinta. Ya no era la apocada a la sombra de sus hermanas, había surgido como una guerrera que defendía a su hijo, pero si creía que podía arrebatarle el hijo y desaparecer para siempre, estaba equivocada, aunque él no iba a prometerle más de lo que podía darle.

–Naturalmente, acepto toda mi responsabilidad, pero eso no cambia nada entre nosotros.

–No lo espero, Rafa –replicó ella mirándolo sin inmutarse–. Puedo ocuparme yo sola. Tengo la obligación de decírtelo y nada más.

–Qué sensata eres.

–Y qué frío eres tú. Estamos hablando de un hijo, Rafa, pero estás tan distante que podríamos estar hablando de una operación en la que no sabes si entrar o no. No lamento lo que ha pasado. Por muy inoportuno que pueda ser para ti, yo estoy deseando tener a mi primer hijo en brazos y nunca me arrepentiré de estar embarazada.

–Te prometo que no tienes que preocuparte de nada –él levantó una mano–. Pediré a mis abogados que redacten un contrato entre nosotros para todos los aspectos prácticos.

–¿Un contrato? –ella sacudió la cabeza–. Esa es tu respuesta para todo, ¿verdad, Rafa? Que se ocupen los abogados, delegar, distanciarte y no mezclar los sentimientos en ningún sentido. Es mucho más fácil y seguro el trazo de un bolígrafo que arriesgar el corazón.

–No sabes de lo que estás hablando. Pago a los abogados para que se ocupen de mis problemas.

–Pero esto no es un problema –replicó ella en un tono triste–. Es un bebé, Rafa.

–Delego para poder seguir empleando a miles de personas –le comunicó él con una calma hiriente y antes de dirigirse hacia la puerta para encontrar tiempo y espacio.

–Muy bien, Rafa, ¡huye!

Él volvió de una zancada y se quedó mirándola, pero ella no retrocedió y extendió las manos.

–Me gustaría poder ayudarte, Rafa.

–¿Ayudarme?

Él miró las manos y ella las bajó a los costados.

–Quizá esperabas que fuese más sofisticada –dijo ella deteniéndolo en la puerta–. Quizá esperas que trate esto con ligereza, que sonría y pase página, que acepte un buen cheque todos los meses en vez de tus atenciones como si hubiese acertado un pleno, un bebé y un protector adinerado.

–Espero que seas sincera conmigo. ¿Es mucho pedir? ¿Cuánto tiempo llevas en la isla, Leila?

–Te juro que estaba intentando encontrar el mejor momento y creía que lo había encontrado. Había venido para buscarte cuando vi el puesto con ropa para bebés y no pude resistir...

Los ojos se le llenaron de lágrimas y no pudo seguir. Entonces, él supo que, para Leila, esa ropita era unos recordatorios inocentes del hijo que la llevaría y que era algo más que ropa de bebé, era una promesa de un porvenir. Quiso abrazarla y decirle que todo saldría bien, pero a él, al revés que a ella, la idea de un nacimiento lo aterraba. Sentía la preocupación añadida de ser responsable de un hijo cuando su padre había destrozado muchas vidas y, además, ¿cómo podía compaginar la responsabilidad de dirigir una empresa multinacional con ser padre?

–Lo he llevado muy mal –reconoció él–. Me limito a lo sencillo para no tener hijos que acaben con sus abuelos porque sus padres tienen cosas mejores que hacer.

–¿Eso es lo que te pasó, Rafa?

Él no quería ver la compasión en su rostro y, con un gesto de impaciencia, se dio la vuelta.

–Ya me contaste que tu abuela te crio y...

–Y lo hizo muy bien –le interrumpió él sin alterarse.

–Entonces, tus padres no querían tener hijos...

–Por favor, no sigas antes de que empeores las cosas.

–Dentro de unos meses, nuestro hijo habrá nacido y sentirás otra cosa. Ya lo verás.

Le impresionó lo paradójico que era ese cambio de papeles. Leila hablaba con seguridad en sí misma del nacimiento y él se moría de miedo por ella. Ella no podía saber lo que se le avecinaba y esa Leila nueva no temía a nada ni a nadie, y tampoco hacía caso a nadie, ni a él.

–Solo me preocupa tu seguridad y la del bebé –le aseguró él–, pero si quieres creer que soy la consecuencia de demasiado sexo y demasiado poco amor, tendrías razón.

–¿Y eso dónde nos deja, Rafa?

–Lo único que tienes que saber es que el amor nunca jamás fue un componente. Ni siquiera...

Había vuelto al pasado y estaba hablando de sus padres, pero se dio cuenta de que Leila se había quedado pálida, que creía que estaba hablando de ellos.

–Bueno, por lo menos, ahora te entiendo mejor –comentó ella con desenfado.

–Lo dudo –replicó él sacudiendo la cabeza mientras los fantasmas se adueñaban de él.

La madre que no había conocido estaba muerta y su padre, con quien no se hablaba desde hacía años, estaba bronceándose en Montecarlo con la última de una larga ristra de novias jovencitas. Su abuela lo había salvado y ella le había devuelto la fe en la humanidad. Leila le puso una mano en el brazo y estuvo seguro de que los dos habían notado la descarga del contacto físico.

–Debería haber encontrado una manera mejor de decírtelo, pero, al menos, ya lo sabes. Es posible que lo mejor para todos sea que un tercero se ocupe de las cosas entre nosotros, como has propuesto. Volveré a mi casa en cuanto hayas organizado todo para que pueda marcharme.

Su primera reacción fue negarse. Ella no podía marcharse por muchos motivos. La propia Leila era uno de ellos y lo seguía de cerca la preocupación por el nacimiento de su hijo. Se dio la vuelta para mirarla y ella debió de captar algo de eso en sus ojos porque levantó una mano como si quisiera defenderse. Él apartó la mano y la abrazó.

–No me hagas esto, Rafa, por favor...

Sabía que no podía resistirse. La pasión entre ellos se encendía muy fácilmente y había pasado demasiado tiempo para los dos. Cuando levantó las manos para entrelazarlas por detrás de su cuello, él la besó con voracidad, la tomó en brazos y subió las escaleras hacia sus aposentos. Cerró la puerta con un pie, cruzó la habitación y la tumbó en la cama. Se soltó el cinturón, se bajó la cremallera de los vaqueros y se los bajó con los calzoncillos. Levantó la falda de Leila, le quitó el tanga y metió un muslo entre sus piernas, pero se detuvo con la erección rampante. Se apartó y se bajó de la cama.

–¿Qué pasa? –preguntó ella intentando agarrarlo.

–No puedo hacer esto, Leila.

Se pasó los dedos rígidos entre el pelo y se preguntó en qué se había convertido. Entonces, se dio la vuelta y vio a Leila llorando.

Capítulo 7

LE AVERGONZÓ que Leila estuviese llorando. No era de las que utilizaban las lágrimas como un arma ni como un último recurso. Nunca había sido pasiva ni incapaz. Tenía fuerza interior. Incluso en ese momento, evitaba el jaleo, se alisaba la ropa con una elegancia serena que hacía que se sintiera más bruto que nunca.

–Gracias –susurró ella al notar que estaba mirándola.

–¿Puede saberse por qué me das las gracias?

–Has parado. Has sabido cuándo tenías que parar y has podido parar.

–Claro que he podido parar –él frunció el ceño–. No sé por qué te sorprende.

Salvo que...

–Es posible que los dos arrastremos problemas del pasado que no hemos resuelto –dijo ella confirmando las peores sospechas de él–. Te deseaba tanto que me borró todo lo demás de la cabeza... y creo que tú también me deseabas.

–¿Solo lo crees?

–Pero te diste cuenta de que no era el momento acertado para ninguno de los dos y paraste.

–Claro que paré. Tenía que parar.

Él sacudió la cabeza intentando entender algo que no tenía sentido. Según ella, sus mundos podían ser muy distintos, pero la confianza entre un hombre y una mujer cuando tenían relaciones sexuales se daba por hecho. Se preguntó qué ocultaba ella y le dio miedo oír la respuesta a la pregunta que tenía que hacerle.

–¿Te han forzado, Leila?

–No.

Ella contestó tan deprisa que él tuvo que creerla, pero sus ojos seguían teniendo algo sombrío.

–Sin embargo, hay algo.

Él esperó, pero ella no dijo nada.

–Espero que sepas que nunca te haré daño.

Ella no dijo nada. Él sabía algo sobre la familia de Leila por lo que había leído en la prensa y su imaginación estaba acelerada. Se quedó helado al pensar en lo que podía haber visto en su casa.

–¿No puedes decirme qué te pasa? –insistió él con delicadeza.

–En este momento, no, Rafa.

–¿Estarás bien si te dejo un rato? –le preguntó al darse cuenta de que ella necesitaba distancia, como él.

–Claro que estaré bien, Rafa.

Ella lo miró con tantas emociones reflejadas en los ojos que él supuso que ninguno de los dos entendía esa pasión que había brotado entre ellos.

–Búscame cuando quieras. Descansa... o no descanses. Haz lo que quieras.

–Gracias, lo haré –confirmó ella en voz baja.

Esperó a que se hubiese disipado la tensión de la habitación, se levantó y volvió a alisarse el vestido como si así se quitara de encima los fantasmas del pasado. Era el momento de contárselo todo a Rafa. Quería ayudarlo y, si se sinceraba con él, quizá pudieran recuperar la confianza perdida. Era el momento de volver a esperar que él hiciese lo mismo.

Supo que lo encontraría en el patio. Estaba char-

lando con uno de los hombres que habían ido para organizar la feria, pero notó que se acercaba y se dio la
vuelta mucho antes que llegara hasta él.

–Muy bien... has venido –comentó él–. Vamos a dar
un paseo.

Rafa la presentó y habló en español con los ancia-
nos, quienes le sonrieron e hicieron que se sintiera bien
recibida en esa comunidad.

–¿Vamos a los jardines? –le propuso Rafa mientras
la acompañaba entre los puestos.

–Perfecto.

Los jardines que rodeaban el castillo eran muy tranquilos y no se le ocurría un sitio mejor para decir lo que
no le había contado a nadie, ni siquiera a sus hermanas
o a su hermano Tyr. El olor de la hierba recién regada
mezclado con el de las rosas era embriagador y tranqui-
lizador a la vez. Se detuvieron al lado de una fuente y
metió los dedos en el agua.

–Mi padre pegaba a mi madre. No una vez, sino muchas –dijo ella en un tono inexpresivo.

–Dios mío, Leila.

–Mi madre sabía que yo había visto lo que pasaba
–siguió ella sin mirar a Rafa–. Era nuestro pacto tácito.
Las dos sabíamos que mi padre no se atrevería a tocarla
delante de mis hermanas, y mucho menos delante de
Tyr. Explicaba los moratones y los chichones como
consecuencia de su propia torpeza. El último deseo de
mi madre fue que yo no viviese asustada por lo que había visto y supongo que fue por eso.

–Tu madre estaría orgullosa de ti, Leila –Rafa la
abrazó con fuerza–. Eres más fuerte de lo que te imaginas.

–¿Cómo es posible cuando lo he hecho todo mal?
–susurró ella.

–¿Qué has hecho mal? –preguntó él apartándose un
poco para mirarla.

–He intentado ser la mujer que mi madre siempre quiso que fuera y mira el embrollo que he organizado. Debería haberte hablado sobre el hijo en cuanto lo supe.

–Si hubieses podido encontrarme –le recordó él–. Desaparecer se me da muy bien.

–Como a mi hermano Tyr –farfulló ella.

La lealtad de él hacia Tyr hizo que pasara por alto el comentario.

–Además, has lidiado con los fantasmas del pasado mucho mejor que yo.

–¿Qué quieres decir, Rafa?

–Signifique lo que signifique este bebé para ti, no puede ser parte de un plan para medrar.

–Desde luego. Nunca pensé tener un hijo contigo, Rafa. Nunca me he acostado con unos y otros y, desde luego, no te utilizaría para tener un hijo.

–Pero estás embarazada y tengo que ayudarte.

Se le paró el pulso solo de pensar que ella pudiera negarse. Ya tenía casi ideado el plan para controlar todos los aspectos del nacimiento.

–No te preocupes tanto, Rafa. Soy joven y sana, haré todo lo que pueda para que nuestro hijo empiece la vida con buen pie.

–Tienes que dejarme que me preocupe. Siempre preveo todo, pero, aun así, puede salir mal.

–Nada va a salir mal, Rafa.

Que ella supiera. Después de lo que había oído, estaba dispuesto a que Leila estuviese completamente tranquila e intentaría dominar su preocupación creciente por el nacimiento, pero no pensaba correr ningún riesgo en lo relativo a la vida de Leila y del hijo que esperaban.

–Entonces, ¿cuál es tu solución, Rafa?

–Haremos las cosas una a una. Mis médicos te harán

una revisión y luego podremos dar el paso siguiente con más seguridad.

–¿Quieres que tu médico se cerciore de que el hijo es tuyo? –preguntó ella con recelo.

–No. Lo único que me importa es que el bebé y tú estéis sanos, Leila. Propongo que te hagan una ecografía para saber de cuánto tiempo estás embarazada y que todo va bien.

–Deberías estar allí durante la primera ecografía. Una amiga me enseñó una. Es... –ella hizo una pausa y le sonrió–. No hay palabras –concluyó Leila con una expresión de embeleso.

–No sé si podré. Tengo... compromisos.

Compromisos que no podía explicar a la hermana de Tyr.

–Ah... –dijo ella en voz baja y disimulando la decepción.

–Además, tenemos que decidir dónde viviréis –siguió él.

–En Skavanga, naturalmente –contestó ella con el ceño fruncido.

–¿Con mi hijo? Entonces, ¿tendré que ver a mi hijo o hija cada... seis semanas o así?

Ella no pudo mirarlo a los ojos.

–No, Leila. Cuando sepamos mejor la fecha del nacimiento, elaboraré un plan de visitas...

–¿Elaborarás?

–Consultándolo contigo.

–Haces que todo parezca muy frío. No puedes hacer las cosas como te convienen, Rafa. Yo me ocuparé de nuestro hijo sin tenerte todo el rato encima para que me des tu aprobación.

–¿Cómo piensas hacerlo con el sueldo que cobras en este momento?

–Tengo acciones de la mina y cuando tu consorcio

haya hecho toda la inversión y todo funcione a pleno rendimiento, creo que recibiré un dividendo sustancioso.

–Ganarás –reconoció él–, pero no lo suficiente. Eres una accionista muy pequeña y mi hijo...

–Ah... –le interrumpió ella–. Se trata de eso. Un hijo tuyo tiene necesidades distintas que los hijos de todo el mundo. Si es niño, heredará un ducado, y, sea del sexo que sea, heredará una fortuna. En mi tierra, el amor, el alimento, el calor y la seguridad son las necesidades primordiales para un hijo.

–Discrepamos en eso, Leila, porque no veo ninguna diferencia entre el resto del mundo y yo.

–Unos miles de millones.

–Eso no me convierte en nadie especial. Tuve suerte, nada más.

–Y trabajas mucho –añadió Leila queriendo ser justa.

–Es verdad, y no quiero que tú trabajes de sol a sol para mantener a nuestro hijo. También es responsabilidad mía. Solo quiero facilitarte las cosas, Leila.

–Pero vives en un mundo muy distinto.

–Sí, hace algo más de calor –concedió él con ironía.

–Sabes lo que quiero decir –insistió ella.

Sin embargo, él había conseguido relajar el ambiente y ella intentaba no sonreír.

–Vivimos en el mismo mundo, Leila. Tú quieres trabajar y yo también. Si tengo un hijo, quiero que disfrute de todo lo que pueda proporcionarle. Si no, ¿puede saberse para qué trabajo?

Si pudiera dejar a un lado el miedo por Leila, podría ver que un hijo le daría un sentido a ese frenesí que lo arrastraba implacablemente. Trabajaba para ayudar a los demás, pero poder hacer eso y tener un hijo para el que hacer las cosas...

—Nunca impediré que veas al bebé, Rafa.

—Todavía falta mucho para que se decida la custodia...

—Pero un hijo debería vivir con su madre.

—¿No confías en mí, Leila?

—Sí...

Leila se quedó en silencio y Rafa pensó que no confiaba en él con algo tan valioso como un hijo. ¿Por qué iba a confiar si no lo conocía casi? Solo quería ser una buena madre. Nunca olvidaría que su madre murió trágicamente cuando ella era muy joven ni la sensación de pérdida que había tenido desde entonces.

—Lo decidiremos juntos. Deberíamos hablarlo cuando tus sentimientos no estén a flor de piel.

—¿Dentro de un par de años? —preguntó ella mirándolo con un brillo burlón en los ojos.

—Cuando estés dispuesta —contestó él con delicadeza.

Se hizo un silencio, hasta que ella lo rompió.

—Creo que la carta que me escribió mi madre antes de morir me influirá siempre. Creo que intentaba prepararme para las cosas importantes de la vida, como esta.

—¿Una carta?

—Tuve que prometer que sería osada... que tomaría el control de la vida y me haría mi propio camino en vez de permitir que el pasado me obsesionase y me frenase —ella sonrió—. Estaba intentando encontrar el punto de equilibrio y me pasé de la raya la noche de la fiesta.

Los dos lo habían hecho, recordó él. Hasta esa noche, había creído que Leila se había conformado con los sueños porque eran seguros y estaban al alcance de cualquiera, incluso de la más modosa de las hermanas.

–Lo resolveremos, Leila, y hasta entonces, hay algo que podrías hacer por mí.

–¿Qué podría hacer yo por ti, Rafa? –le preguntó ella arqueando una ceja.

La enfermedad de su abuela lo había consternado. La noticia de Leila lo había consternado. Si las reuniera, quizá...

–Me gustaría que conocieras a alguien.

–¿A quién? –preguntó ella con cierto recelo.

–A mi abuela. Dijiste que te gustaría conocerla.

–Sí, pero ¿cómo va a ayudar eso a nuestra situación?

–No lo sé. Es posible que no sirva de nada –reconoció él–, pero creo que deberíamos decirle que está esperando su primer bisnieto, ¿no?

Capítulo 8

QUERÍA presentarle a la matriarca de su familia? Quizá tuviese razón y ella estuviese ofuscada. La idea de que ella era una pueblerina y que él vivía en un mundo distinto se esfumaba cuando él tenía las mismas preocupaciones que ella: la familia y la gente que dependía de él.

–¿Y qué puedo decirle a tu abuela? –no quería molestar a una mujer mayor que había enfermado hacía poco–. Estoy esperando un hijo tuyo, pero voy a irme a Skavanga y es posible que no vea nunca a su bisnieto. A lo mejor, es preferible que no nos conozcamos.

–No voy a obligarte.

–Tu abuela ha estado enferma y no sé por qué va a mejorar solo por verme.

–Te sorprenderías –sus ojos dejaron escapar un destello burlón–. Le darías esperanza.

–No sé cómo.

–Ha perdido la esperanza de que yo sea un padre de familia.

–¿Vas a presentármela? ¿Qué resultado va a dar eso? No dudo que tu abuela quiera que sientes la cabeza y le des un bisnieto, pero, por favor, déjame al margen.

–Nunca intentaría engañar a mi abuela. Le diré la verdad, como hago siempre.

–Seguro que se alegrará un montón.

–Es mejor que nada.

–Creo que no sabes nada sobre las mujeres, Rafa –replicó ella en tono divertido.

Él arqueó las cejas con sorpresa. Evidentemente, se consideraba un experto en mujeres.

–Presentar a la madre de mi hijo a mi abuela es lo correcto –replicó él con rigidez.

–Y a mí me encantará conocerla, pero me niego a insinuar que nuestra relación no es la que es.

Una relación laboral y platónica entre dos personas que, casualmente, esperaban un hijo. Rafa asintió con la cabeza y ella supo que tendría que vigilarlo de cerca. Rafa estaba acostumbrado a salirse con la suya y, por una vez, iba a tener que aceptar que eso no iba a suceder.

La casa de la abuela de Rafa no estaba cerca del castillo, como se había imaginado ella, sino a una hora en coche, en lo alto de unas colinas, donde no hacía tanto calor. Rafa conducía el Maserati rojo y descapotable por la carretera zigzagueante y la vista de los viñedos a un lado y el mar al otro no le aliviaba nada la tensión por conocer a su abuela. Era un día precioso con una brisa que olía a flores, habría sido el día perfecto si no estuviese sentada al lado de ese hombre que la ponía nerviosa. Rafa estaba tenso como un muelle. Evidentemente, esa visita significaba mucho para él. Ese exceso de energía que estaba quemando era tan potente como un afrodisiaco, lo cual era un inconveniente en un día en el que quería parecer una chica que podría cometer un error en un arrebato de pasión, pero que no cometería el mismo error dos veces.

–A mi abuela le gusta tener su espacio propio –comentó Rafa mientras entraba en un camino flanqueado por árboles.

–¿Quién iba a reprocharle que quiera estar lejos de ti? –preguntó Leila con ironía–. O que quiera vivir aquí –añadió admirando el paisaje.

El camino acababa en una avenida de árboles frondosos que llevaban a una elegante casa de campo con una puerta de madera roja y ventanas con columnas en el centro. Era uno de los edificios más bonitos que había visto y se completaba con los arriates de flores que tenía delante y las fuentes del patio.

–Parece una casa de hadas –comentó ella mirando alrededor.

–Mi abuela trabaja mucho en el jardín, pero, hasta el momento, no se han visto hadas.

Rafa se subió las gafas de sol y le abrió la puerta del coche con una sonrisa.

–Antes de que entremos... –Leila se detuvo en el porche rebosante de glicinias–. ¿Qué le has contado a tu abuela de nosotros?

–Que vengo con una gran amiga para que la conozca. Es lo que acordamos, ¿no?

Ella asintió con la cabeza. A ella le habría parecido imposible que ninguna mujer pudiese tener una amistad platónica con Rafa, por lo que, al parecer, ella había conseguido lo imposible. Rafa, con unos vaqueros y una camiseta que se ceñía a cada uno de sus músculos, irradiaba sexo puro y duro y era imposible estar cerca de él sin querer estar mucho más cerca. Ella, además, tenía algunos recuerdos más explícitos.

–Estás muy bien –dijo él mientras ella se colocaba el vestido.

Lo había elegido cuidadosamente para que su abuela no tuviera que sufrir, además, ningún sofoco por la vestimenta. Era un vestido bonito con un estampado de flores, un escote decente y un largo hasta la rodilla.

–Mi abuela habla muy bien en inglés, pero no en

ningún idioma escandinavo –le explicó Rafa–, pero como tú hablas inglés y...

–Nos entenderemos.

Rafa era tan absorbente que hizo un esfuerzo para no mirarlo a los ojos y sintió alivio cuando oyó unos pasos que se acercaban por dentro de la casa. El ama de llaves los recibió con calidez. Una sonrisa de oreja a oreja abultó sus mejillas sonrojadas mientras abrazaba a Rafa. Todos los empleados parecieron emocionados por su llegada mientras recorrían la casa elegantemente amueblada y ella notó que también despertaba cierto interés.

–La duquesa viuda está en el jardín –les explicó el ama de llaves mientras los llevaba por un invernadero con naranjos.

La duquesa viuda... El corazón de Leila se aceleró. Solo el título hacía que la abuela de Rafa pareciese imponente.

La duquesa viuda, lejos de ser la señorona que había temido, resultó ser una mujer delicada con aspecto de pájaro y un pelo plateado recogido en un moño cubierto por un sombrero de paja deshilachado. Erguida y fibrosa, llevaba unos pantalones de hilo anchos y una amplia camisa de manga larga. La vestimenta se completaba con un mandil con muchos bolsillos de los que asomaban todo tipo de herramientas. Estaba al mando de un grupo de jardineros a los que daba órdenes con la firmeza de un sargento. Leila solo tuvo que mirar a Rafa para saber lo que sentía por esa mujer. Se quedó rezagada mientras el gigante y la diminuta mujer se abrazaban y se dio cuenta de que se adoraban. Cuando él se dio la vuelta para presentarla, ella comprobó que su abuela ya estaba al tanto de todo.

–Creo que tengo que darte la enhorabuena –exclamó

la mujer mientras la abrazaba–. Me alegro mucho por los dos.

Leila miró a Rafa y se preguntó si le habría contado algún cuento chino sobre su relación. Él se encogió de hombros como si quisiera decirle que Rafa León no daba explicaciones a nadie.

–Acompáñame, Leila –le pidió la abuela sin captar la tensión que había entre los dos–. Tomaremos té en el jardín. Creo que Rafa ha captado tu mensaje –añadió la anciana en tono divertido–. Tienes unos ojos muy expresivos.

–Le pido perdón si la he ofendido –se disculpó ella mientras se sentaban.

–No te disculpes, por favor. Conozco a Rafael y saco mis conclusiones, independientemente de lo que me diga él.

Debajo de una morera había una mesa con un mantel de encaje y un juego de té de porcelana. La abuela de Rafa siguió la mirada de Leila, que miraba a su nieto mientras volvía a la casa, y se inclinó hacia ella.

–No te preocupes tanto, Leila. Los duques de Cantalabria nunca han sido escrupulosos a la hora de elegir una novia.

–¿Una novia? –ni toda la buena educación del mundo habría podido disimular lo que ella sentía–. No sé lo que le ha contado Rafa, pero no pienso casarme con él.

–Claro que no. Perdóname, por favor. Al veros juntos, he vuelto a mi juventud.

–Me temo que nuestra relación no es duradera.

–¿Con un hijo? Yo diría que es un compromiso para toda la vida. ¿Leche o limón, cariño?

–Limón, por favor –contestó Leila con una intensidad nueva–. Es que no quiero engañarla en ningún sentido.

–¿Acaso estás engañándome? –la anciana frunció el

ceño mientras le entregaba una taza de porcelana con un plato–. Cualquier necio podría ver que mi nieto está loco por ti.

Ella estuvo a punto de reírse a carcajadas, pero se contuvo y fue sincera.

–Rafa no está enamorado de mí. Solo hemos compartido un momento de...

–...pasión desenfrenada –acabó la abuela–. No te sorprendas, Leila. Yo también fui joven. Además, no quiero que te sientas incómoda conmigo. Te aseguro que se necesita mucho más que un embarazo para escandalizarme. Solo me sorprende que Rafa esté tan tranquilo.

–¿Tranquilo...?

La anciana dio un respingo como si hubiese vuelto del pasado.

–Perdóname, Leila. Sabía que este día llegaría y no sabía cómo lo sobrellevaría Rafael. Tienes mucho mérito porque se lo ha tomado con mucha calma. Estoy encantada por él... por los dos.

Leila, lejos de tranquilizarse, se angustió el doble y decidió que tenía que llegar hasta el fondo del misterio de Rafa y su pasado.

–¿Hay algún problema familiar que debería saber?

–Estás pensando en problemas genéticos –comentó la viuda con perspicacia–. Te aseguro que no hay nada de eso, Leila. Estoy emocionada porque vas a tener un hijo y no hay ningún motivo para suponer que no vaya a ser completamente sano.

–Sin embargo, ¿hay algo más que debería saber?

–¿Qué sabes? –le preguntó la viuda mirándola fijamente.

–Solo un poco –reconoció ella con la esperanza de que la anciana completara la información.

–Bébete el té antes de que se quede frío, cariño –dijo la viuda acabando con sus esperanzas.

–Me alegro de haber tenido la ocasión de conocerla –comentó Leila para romper el repentino silencio–. Significaba mucho para Rafa.

–Yo estoy encantada de conocer a la madre de mi primer bisnieto –la viuda hizo una pausa y tomó la mano de Leila–. Perdóname, pero hay cosas que no pueden hablarse tomando el té. Estoy segura de que Rafa te lo explicará.

–Sí, yo también estoy segura –corroboró Leila sin mucho convencimiento y cada vez más nerviosa porque no sabía lo que podía querer decir la abuela de Rafa.

–¿Hasta cuándo vas a quedarte? –le preguntó la viuda mirándola otra vez con perspicacia.

–No mucho –contestó ella–. Lo que tarde en elegir algunas joyas para exponerlas en Skavanga.

–En tu museo –comentó la viuda con interés–. A lo mejor te visito algún día. Pero ¿dónde se ha metido mi nieto? –preguntó dándose la vuelta en la silla–. Es posible que esté eligiendo algunas joyas para enseñártelas. Guardamos algunas de las mejores en una cámara acorazada de la casa –añadió ella en ese tono firme tan típico de la familia.

–Se parece mucho a Rafa –comentó ella con una sonrisa.

–¿Terca? ¿Resuelta? –la anciana se inclinó hacia delante arrugando un poco los ojos–. ¿Decidida a salirme con la mía como sea? Algo me dice que tú te pareces a nosotros, Leila Skavanga.

Capítulo 9

HABLANDO del rey de Roma! –exclamó la anciana mientras Rafa aparecía por la puerta.

Ese maravilloso jardín era un ambiente engañoso para un hombre tan duro y con un pasado misterioso que ella estaba dispuesta a conocer. ¿Sentiría siempre lo mismo cuando lo veía? Él sonrió fugazmente y ella supo que la respuesta era «sí». Quizá esa fuese la única ocasión que tenía de descubrir lo que había querido decir su abuela sobre la preocupación de Rafa por su embarazo. Se levantó de un salto en cuanto él estuvo un poco cerca.

–¿Podríamos dar un paseo por su precioso jardín? –le preguntó Leila a la viuda.

–Claro. Rafael, por favor, acompaña a nuestra invitada.

El olor de las flores era embriagador, pero no era nada en comparación con estar a unos centímetros de Rafa o con notar su mirada clavada en ella cuando se agachó a oler una rosa.

–¿Qué pasa? –le preguntó él mientras se dirigían hacia un puente que cruzaba un arroyo–. ¿De qué quieres hablar que no puedes seguir con mi abuela?

Leila se detuvo en medio del puente y se apoyó en la barandilla de madera.

–Tu abuela dijo que le sorprendía que pudieras tomarte con tanta tranquilidad mi embarazo. Dijo que había cosas que no podían hablarse tomando el té. Me aseguró que tu familia no tiene problemas genéticos y yo me pregunté...

–Mi abuela ha hablado demasiado.

Él no había querido ser cortante ni darle la espalda ni inclinarse sobre la barandilla pensando sus cosas, pero el remordimiento que lo había acompañado tanto tiempo estaba agriándose dentro de él. Tomó un par de bocanadas de aire. Los sentimientos que había enterrado durante tanto tiempo podían salir a la luz. Habían estado a punto de destrozarlo cuando era joven, pero los había sometido ya de adulto y, en ese momento, el dominio de sí mismo era lo único que le importaba. Leila debía de considerarlo distante y desapegado, pero estaba equivocada. Estaba plenamente centrado en lo único que le importaba, en su seguridad durante el parto.

–Rafa...

–¿Qué?

–¿He dicho algo que te ha molestado? No quería entrometerme ni indagar en tu pasado.

–Lo sé.

Él no se dio la vuelta. Habría sido mejor para los dos si Leila no hubiese ido a la isla, pero no había dejado de pensar en ella y, en ese momento, dudaba que el trabajo u otra cosa pudiera sacársela de la cabeza. Además, no había podido saber que estaba esperando a su hijo ni cómo se sentiría él por eso. No podía haber previsto que los fantasmas del pasado volverían para atormentarlo con el remordimiento que lo había acompañado toda su vida.

Ella siguió la mirada de Rafa, observó el arroyo caudaloso y notó las barreras que él levantaba a su alrededor. Ese aislamiento que se había impuesto era un escudo para mantenerla a ella y al resto del mundo al margen y fuera lo que fuese lo que había hecho que Rafa se recluyera dentro de sí mismo, era algo que había ocultado durante años y no iba a soltarlo en ese momento. Sin embargo, quería tranquilizarlo y nada iba a impedírselo.

–Tu abuela te quiere mucho, Rafa. No me ha contado nada.

Él se irguió y se dio la vuelta con una expresión que no se había suavizado.

–¿Por eso querías dar este paseo? –preguntó él con recelo y cierta hostilidad–. ¿Esperas que lo cuente ahora?

–Claro que no –contestó ella mirándolo a los ojos–. Solo quería que supieras que no estás solo.

–Deberíamos estar solucionando tu problema, Leila.

–No lo necesito y tú no deberías ser tan orgulloso y reconocer que sí lo necesitas.

–¿Qué...? –preguntó él en voz baja.

–Lo siento, pero alguien tiene que decírtelo. Tu abuela es una de las mujeres más fuertes que he conocido, pero te quiere tanto que se ha pasado la vida andando de puntillas alrededor de ti y de lo que hace que te sientas tan culpable, pero yo no voy a hacerlo.

Rafa la miró con incredulidad. Incluso en ese momento, cuando Rafa la miraba con el ceño fruncido, lo único que quería era abrazarlo hasta que el fantasma se quedara sin fuerzas. Esa rabia y afrenta acumuladas solo multiplicaban por diez su atractivo físico. Lo sentía como una reacción primitiva hacia él, y Rafa también lo sentía. Un levísimo cambio en esos ojos oscuros y hostiles hizo que supiera cómo le gustaría a él encontrar la solución. Quizá, la fuerza conjunta de su pasión bastaría para liquidar sus fantasmas de un plumazo.

–¿Nos despedimos de mi abuela? –propuso Rafa inexpresivamente.

–Sí –contestó ella en el mismo tono.

–El cinturón –le recordó Rafa mientras se montaban en el coche.

Él, sin darle tiempo, se inclinó sobre ella y le presionó los pechos con su cuerpo. Introdujo la clavija, pero los dos se quedaron inmóviles. Ella lo miró a los ojos, captó la pasión y se estremeció. Él se incorporó, tomó las gafas de sol y encendió el motor, pero el anhelo ya la había dominado con un apremio palpitante. ¿Alguna vez encontraría una respuesta a su obsesión con ese hombre? Su vida había cambiado completamente desde que lo conoció. Ella había cambiado completamente. Lo miró mientras soltaba el freno y le recordó a un jinete dispuesto a montar y domar un poderoso caballo salvaje. Si eso era lo único que había detrás de la atracción, quizá debería olvidarse de sus principios durante un día, dar rienda suelta a su deseo y marcharse a su casa, pero Rafa León era mucho más. Quería quedarse para disfrutar más de su pasión, de su humor y de su mente aguda como un látigo, y para desvelar los secretos que había insinuado su abuela. Nunca había huido, se dijo a sí misma mientras Rafa pisaba el acelerador.

Aceleró al máximo. Que una mujer estuviese esperando su hijo tenía algo apasionante y hacía que Leila fuese irresistible. Tenía que poseerla inmediatamente. Ella estaba mandándole el mismo mensaje y estaba desbordado por las feromonas. No había podido prever cómo se sentiría por el embarazo de Leila; protector, pero también posesivo, aunque en el buen sentido, en un sentido que hacía que quisiera poseerla una y otra vez y oír sus gritos de placer.

—¿Por qué sonríes? —le preguntó ella.

—¿Estoy sonriendo? —replicó él en tono inocente.

Estaba recordando cómo se había encarado con él, cómo lo había desafiado. No recordaba que nadie hubiese hecho algo así. Leila tenía razón al decir que su abuela iba de puntillas alrededor de él, pero no era la única. Nadie ponía un pie en su pasado, menos Leila, y, aunque lo había alterado, eso hacía que pensara más en ella. El estilo apaciguador de Leila no tenía nada de debilidad y eso le gustaba. La visita a su abuela había salido muy bien. Había esperado que se cayeran bien, pero no se había imaginado cuánto. Con su abuela de aliada, Leila no tenía ningún motivo para no quedarse en la isla a tener el hijo. Ya había concertado una cita con los médicos y los empleados de apoyo estaban esperando. Ella le había divertido al encararse con él, pero él iba a controlar ese nacimiento.

–¿Por qué te paras? –preguntó ella cuando él aparcó en un costado de la carretera.

–Me paro porque hay cosas que no pueden esperar.

–¿Cómo qué? –preguntó ella fingiendo inocencia y mirando alrededor.

–Como esta vista, que es impresionante –contestó él arqueando una ceja.

–Rafa... –empezó a quejarse ella al ver que se soltaba el cinturón de seguridad–. Podría pasar alguien...

–Bueno... –él contuvo una sonrisa–. Tú tienes una necesidad y yo también. Habrá que hacer algo al respecto...

–¿Por qué sabes que tengo una necesidad?

–Se te han oscurecido los ojos... Se te han inflamado los labios... Los pezones...

–Basta –le interrumpió ella intentando respirar–. Eres muy malo.

–¿Me aceptarías si fuera de otra manera? –le preguntó acariciándole el abdomen.

–Eres un hombre muy malo, Rafa León.

–¿Te pongo furiosa?

–Sí.

–Entonces, tendré que serenarte.

Se quitó las gafas de sol, la tomó entre los brazos y
la besó. Solo llevaba un tanga diminuto debajo del vestido. No llevaba sujetador ni lo necesitaba. Tenía unos
pechos firmes y abundantes con unos pezones tan duros
que pedían a gritos que los liberara.

–¿Qué haces? –preguntó ella con la voz ronca.

Él le pasó la lengua por los pezones.

–Umm... Tienen un sabor distinto.

–¿A jabón?

–No. A mujer y...

–¿Embarazada?

–Es posible.

Él esbozó una sonrisa torcida y la miró a los ojos.

–No hay duda al respecto –replicó ella con un ge-
mido cuando él le acarició un muslo.

–¿Te gusta?

Ella se arqueó para que llegara más fácilmente.

–No sé si podré aguantar la provocación –le avisó
ella–. El embarazo me hace que...

–Te enloquezca el sexo.

–¿Por qué lo sabes?

–Lo sé todo sobre ti, Leila Skavanga, y hacía mucho...

Él le quitó el tanga, se bajó del asiento y se arrodilló
entre las piernas de ella.

–Apoya las piernas en mis hombros y los pies en el
salpicadero.

–¿De verdad? –preguntó ella mirando alrededor.

–De verdad.

–¿Cómo lo explico si pasa un tractor? –consiguió
preguntar ella con la respiración entrecortada.

–Di que has tenido un calambre muscular y que estoy intentando...

–¿En español?

Él sonrió mientras se bajaba la cremallera con una
mano y la colocaba con la otra.

–No pares –le pidió ella cuando empezó a emplear la lengua–. Ni se te ocurra parar... Es maravilloso...

Él pasó a provocarla con el extremo de la erección.

–La quiero entera...

–La avaricia rompe el saco...

–¿Quién ha dicho eso? –preguntó ella introduciéndosela con una acometida.

Le tocó gruñir a él. Estaba cálida, húmeda, increíblemente receptiva. Además, era una posición fantástica. Ella estaba a la altura perfecta y él solo tenía que mecerse hacia delante y detrás. Era una sensación única y los dos la perderían en cuestión de unos instantes.

–Otra vez –exigió ella palpitando alrededor de él.

Leila no había mentido cuando dijo que le enloquecía el sexo, pero también era verdad que siempre habían estado locos el uno por el otro. Había una sintonía especial entre ellos donde no entraba la razón.

–Me parece que te gusta –murmuró él mientras ella gruñía.

–¡Me encanta! –exclamó Leila agarrándolo con los músculos internos.

Lo agarró del trasero con todas sus fuerzas y se restregó hasta que él estuvo a punto de perder el dominio de sí mismo, pero no pararon hasta que oyeron un motor a lo lejos. Buscó el tanga de Leila, pero la búsqueda por debajo de los asientos fue infructuosa y tuvo que abandonarla.

–La pasión entre nosotros lo habrá evaporado –comentó ella intentando no reírse.

Su pusieron los cinturones de seguridad y se sentaron muy rectos para parecer respetables justo cuando pasaba el autobús del pueblo.

–Vaya, he debido de ser una impresión para ellos –siguió ella recogiendo el tanga del salpicadero–. Sospecho que nos han pillado.

–Eso parece –confirmó él abrazándola, besándola y apoyando la frente en la de Leila.

Quiso que ese momento no terminara nunca. Quizá pudiera salir bien. Quizá pudiera convencerla de que vivir en España con el bebé tendría ventajas que ni se imaginaba.

–¿Siempre te sales con la tuya? –murmuró ella como si le hubiera leído el pensamiento.

–Siempre.

–Entonces, creo que vas a tener que acostumbrarte a que me resista, Rafa León, porque puedo ser terca y peleona. Puedes preguntárselo a mis hermanas.

Él, sin inmutarse, la levantó y se la puso en el regazo.

–Resístete.

Capítulo 10

RESULTÓ que las cosas pasaban deprisa en el mundo de él y más deprisa en el de Leila. La había dejado veinticuatro horas para asistir a una reunión en Londres y cuando volvió, ella ya se había presentado a sus empleados, había organizado un calendario de visitas para aprender más sobre la compraventa de diamantes y había concertado una cita con su médico en Skavanga.

–Irás a mi médico, Leila.

–¿No te fías de mí, Rafa? –preguntó ella sin levantar la cabeza del tratado sobre piedras preciosas que estaba leyendo.

–He hablado con el ginecólogo puntero para que te guíe durante el parto. Si es lo bastante bueno para la familia real británica, debería serlo para ti.

Ella lo miró por encima de las gafas que se ponía para trabajar.

–Y yo he quedado en hablar con mi médico de familia, una mujer que me conoce desde siempre. No necesito un hombre puntero. El nacimiento es un proceso natural, Rafa. Estoy embarazada, no estoy enferma.

–Harás lo que yo diga.

–¿De verdad? –preguntó ella sin alterarse y levantándose–. Creo que comprobarás que es mi cuerpo, mi bebé y mi decisión.

–Es nuestro bebé y no voy a correr ningún riesgo con ninguno de los dos.

Se dominó cuando ella lo atravesó con la mirada. Era un volcán de hormonas y debería recordarlo.

–Vas a ser padre, Rafa.

Efectivamente, iba a ser padre... Intentó sentir algo, pero solo sintió la angustia habitual. Envidiaba la sonrisa satisfecha de Leila. Algo la iluminaba por dentro por saber que iba a ser madre, pero él solo podía temer el parto.

–No –replicó él olvidándose de todo lo que había prometido hacer y decir–. No tendrás tu hijo en Skavanga, tendrás nuestro hijo aquí, en la isla, donde pueda teneros a salvo.

–Siempre he pensado tener mi hijo en Skavanga –ella lo miró con el ceño fruncido como si se hubiese vuelto loco–. No entiendo por qué organizas este jaleo. En Skavanga tenemos un hospital con la tecnología más avanzada y magníficos especialistas, y conozco a casi todos.

–No dudo que confías en ellos, pero yo he concertado una cita con el mejor.

–Ah... –dijo ella en tono burlón–. Se me había olvidado que tu dinero puede comprarlo todo, hasta la garantía de un parto sin problemas.

Él se dio media vuelta y ella no pudo ver la expresión de su rostro.

–Puedo conseguir que se reduzcan al mínimo –él se dio la vuelta otra vez–. Además, efectivamente, según mi experiencia, mi dinero compra lo mejor.

–Pero no puede comprarme a mí ni que acepte tu plan. ¿De verdad estás insinuando que una doctora que me conoce de toda la vida permitiría que me pasara algo?

–No estoy dispuesto a correr ese riesgo.

–Pues yo no voy a ir a Londres –replicó ella mirándolo sin parpadear.

–¿He dicho algo de Londres?

–No, pero creí...

–Te quedarás en la isla. El médico y su equipo vendrán aquí. Tendrás la mejor comadrona y enfermeras y un pediatra especialmente dedicado al bebé. En cuanto a los accesorios, puedes pedir lo que quieras por Internet.

–Los accesorios –repitió ella como si estuviese maravillada–. Haces que nuestro bebé parezca la última moda de esta temporada.

–No seas ridícula, Leila.

–Sin embargo, no muestras más implicación que esa –siguió Leila con el rostro tenso.

–Imagínate un cuarto de juegos en el castillo –insistió él–. Ya sé cuánto te gustaba tu habitación en el torreón y puedes hablar con mis decoradores para que hagan el cuarto de juegos como quieras. Las mejores tiendas nos proporcionarán cunas, ropa, juguetes y cochecitos, todo lo que necesites. Tendrás carta blanca, Leila...

–Pero seré una prisionera –replicó ella con espanto.

–Creía que habíamos superado esa historia de Rapunzel. Podrás ir y venir a tus anchas.

–Después del nacimiento.

–Sí, evidentemente.

Él miró la habitación que ella había estado usando como despacho y se dio cuenta de que debería haber sabido que un castillo del siglo XVI con antigüedades y muebles de un valor incalculable no bastaría para romper el hielo con ella. Esas hormonas seguían bullendo y esperando el momento para explotar.

–No puedes retenerme atrapada en la isla si quiero volver a mi casa.

–Piénsalo bien antes de que tomes una decisión precipitada. Piensa en lo que quieres tú y luego piensa en lo que es mejor para nuestro hijo.

–No me trates con paternalismo, Rafa. No necesito pensar lo que es mejor para mi hijo. Lo mejor para los dos es que vuelva a Skavanga y a mi vida allí.

–No te trato con paternalismo. Intento hacer todo lo que puedo para ayudarte.

–Entonces, déjame que me marche –replicó ella con un hilo de voz, pero con firmeza.

–Al menos, consúltalo con la almohada.

–Lo haré –aseguró ella mientras se levantaba.

Se quedaron a unos centímetros.

–¿Qué haces? –preguntó ella.

–Te beso para convencerte.

La besó lentamente y notó que ella se ablandaba entre sus brazos.

–No me toques –ella se rio mientras él seguía provocándola–. No puedes convencerme así.

–¿No?

Él le tomó el trasero entre las manos y le estrechó contra el mejor argumento que tenía.

–No tienes escrúpulos.

–Efectivamente –concedió él.

–Además, eres un hombre muy malo –añadió ella con un suspiro entrecortado.

–Eso ya lo habíamos dejado claro –confirmó él acariciándole el lóbulo de la oreja con la barba incipiente–. ¿Seguimos la conversación por la mañana?

–No voy a cambiar de opinión –insistió ella mirándolo a los ojos.

Sin embargo, él la abrazó con más fuerza y ella comprendió que tampoco iba a desanimar a Rafa para que intentara convencerla por todos los medios.

Cerró la puerta de su dormitorio con el hombro y la besó antes de tumbarla en la cama con delicadeza. La desvistió y tiró el vestido a un lado. Mientras flotaba antes de caer al suelo, ella se acordó del incidente con el tanga.

–No lo pierdas, no quiero pasearme desnuda por el castillo para buscarlo.

–Estos muros han debido de ver de todo en sus tiempos. Quizá debería mandar a los empleados a sus casas y dejarte que hicieras precisamente eso.

–Entonces, tú también deberías desvestirte. Te ayudaré.

Le quitó lentamente la camiseta para deleitarse con cada músculo, con el vientre plano y con la anchura increíble de sus hombros hasta que llegó a la cinturilla del pantalón.

–Ahora te ayudaré yo –se ofreció él cuando ella no pudo desabrocharle el cinturón.

Se levantó de la cama y se quitó el cinturón, los vaqueros y los calzoncillos. Se dio la vuelta y se estiró como un gato enorme. Ella se alegró de tener un asiento tan privilegiado. Parecía fundido en bronce, sus muslos eran unas torres de músculo que remataban una piernas esbeltas y largas. Las pantorrillas eran poderosas y hasta los pies descalzos eran sexys. Le encantaban sus pies, pero, sobre todo, le encantaban sus glúteos, esos motores de placer...

–¿Qué pasa? –preguntó Rafa dándose la vuelta para mirarla a los ojos.

–Nada...

–Mentirosa. Puedo ver en tus ojos lo que piensas –la abrazó y la besó–. Tengo razón, ¿verdad?

–No voy a cambiar de opinión por esto –insistió ella mientras él la besaba en la boca–. Voy a volver a Skavanga en cuanto hayamos terminado los asuntos que tenemos aquí.

–No voy a preguntar a qué asuntos te refieres –él la besó con deleite por todo el cuerpo–. Umm... Es verdad que tienes un sabor distinto.

–¿Mejor?

–Distinto –repitió él apoyando toda la extensión de la erección en ella–. Sabroso y dulce...

–¿Como la nata?

–Como embarazada...

Esa vez, hicieron el amor de forma distinta. No la estimuló como siempre y la miró y acarició con una intensidad nueva, una evolución peligrosa de su relación que hacía que quisiera quedarse con él para siempre, no solo para el nacimiento.

Estaba totalmente entregado a ella mientras hacían el amor. Nunca habían estado tan relajados e íntimos. Él nunca se había sentido tan unido. Habían tenido muchas relaciones sexuales, pero ninguna como esa. Era su forma de decirle a Leila que, independientemente de lo que pasara, el hijo que iban a tener siempre sería un lazo entre ellos. La tomó lentamente y con una delicadeza infinita, pero esas acometidas lentas y delicadas eran tan poderosas como la relación sexual más desenfrenada que habían tenido y ella perdió el control casi inmediatamente, le clavó los dedos en le espalda y gritó su nombre hasta que él consiguió serenarla.

–Recuérdame que te enseñe algo de dominio de ti misma –bromeó el.

–¿Hace falta? –replicó ella en el mismo tono.

–¿Crees que voy a dejar que te sacies cada vez?

–¿Por qué no?

Ella sonrió con un brillo malicioso en los ojos, introdujo los dedos entre su pelo y volvió a acercarlo para que empezara otra vez. ¿Cómo podía resistirse a ella? Acometió y la llevó al límite una y otra vez. No se cansaba de ver a Leila descontrolada entre sus brazos. Era una señal de que se sentía segura con él y se cercioraría de que estuviera segura, como el bebé. Nada había cambiado. Ella daría a luz a su hijo donde él decidiera, allí, en la isla. No iba a poner en peligro la vida de Leila. Su abuela tenía razón cuando dijo que eran igual de tercos, pero cuando estaba en juego el nacimiento de su hijo y la vida de la madre, no iba a arriesgarse y, pensara lo que pensase Leila, la historia había demostrado que, en ese caso, él sabía lo que había que hacer.

Él afianzó la creciente unión entre ellos con una visita a su sanctasanctórum. Ella ya había visitado los laboratorios de la isla y el estudio de diseño, pero quería enseñarle uno de los mayores tesoros del mundo. Además de empresario, era un ávido coleccionista de joyas con una historia interesante, unos objetos que solo había visto su abuela, aparte de un puñado de potentados que apreciaban la ocasión de ver una colección parecida a las de ellos. Las luces se encendieron automáticamente cuando entraron en la cámara acorazada. El suelo y las paredes eran de mármol negro y las vitrinas de cristal blindado. No le sorprendió que ella se quedase boquiabierta al ver la luz que se reflejaba en las joyas.

–La primera cámara acorazada que me enseñaste me pareció increíble, pero esta es otra cosa.

Él empezó el recorrido explicándole la diferencia entre una diadema y una tiara.

–La tiara es como una cinta semicircular y la diadema se parece a una corona.

Leila comentó que la que más le gustaba era una diadema con esmeraldas que podían convertirse en pendientes y él le propuso que se la probara.

–¿Me ayudarás?

–Será un placer.

–Y para mí, puedes estar seguro.

Ella se rio mientras él le retiraba el pelo y le ponía esa obra maestra sobre la cabeza. Su ropa acabó en el suelo como por arte de magia y supo que la visión de

Leila desnuda, con la corona de diamantes y sentada en una de las mesas se le quedaría grabada en la cabeza para siempre. Además, añadía cierta emoción al acto porque ella tenía que quedarse muy recta y quieta para que la corona no se cayera.

–¿Qué pasará si...?

–Nada de movimientos descontrolados –le advirtió él.

–No estoy segura...

–Tienes que quedarte quieta, Leila, o pararé.

–¡Ni se te ocurra pararte! –le advirtió ella mientras él se movía hacia delante y detrás.

La observó detenidamente y escuchó su respiración para saber cuándo tenía que sujetarla.

–Menos mal que agarraste la corona –jadeó ella un buen rato después.

–No pasa nada –replicó él mientras devolvía la diadema a su vitrina.

–Esta es tu sala de juegos, ¿verdad? –preguntó ella mientras se bajaba de la mesa para acercarse a la siguiente vitrina.

–Pero tú eres la primera compañera de juegos que he traído aquí, y la última.

–Me alegro de oírlo –murmuró ella mientras se inclinaba sobre el cristal–. ¿Qué es eso?

–Unos de los diamantes con color más valiosos del mundo –contestó él aunque estaba más interesado en acariciarle el trasero.

–Son impresionantes...

Ella tomó aliento cuando él pasó a acariciarle los pechos.

–Diamantes azules como tus ojos –murmuró él deleitándose con sus pechos–. Otros son rosas como tus pezones...

–Ni se te ocurra decir amarillos como mis dientes –le advirtió ella entre risas.

–Normalmente, no comercio con perlas, salvo el collar que te he enseñado, pero si lo hiciera, las compararía con tus dientes.

–Adulador...

Él la silenció de la forma más evidente.

–Inclínate un poco más, mira la vitrina más de cerca.

–Mucho más cerca –concedió ella tomando aliento cuando lo sintió dentro.

–Agárrate. La vitrina está encastrada en el suelo y aguanta los golpes.

Ella se rio, pero estaba deseosa de hacer todo lo que le pidiera para aumentar el placer.

–Los diamantes iluminan la habitación –murmuró él sin dejar de moverse–. ¿Quieres que te cuente dónde se encuentran algunos de los diamantes rosas más famosos del mundo?

–¿Estás de broma? No podría concentrarme aunque me ofrecieras una docena en una bandeja.

Se puso de puntillas y tomó aliento mientras empujaba con el trasero para que entrara mejor.

–Al este de Kimberley, en Australia Occidental... Leila, creo que no estás concentrada en esta lección...

–Lo estoy –aseguró ella arqueando la espalda para ver qué estaba haciendo él.

Se olvidó de los diamantes. La agarró con firmeza del trasero y disfrutó de ella. Además, a juzgar por los sonidos que emitía, Leila también estaba disfrutando.

–¿Qué te ha parecido la vista? –le preguntó él cuando por fin salieron de allí.

–Apasionante –reconoció ella con ironía.

Él le tomó la mano mientras se dirigían hacia el coche.

–Algún día, la mina de Skavanga dará diamantes tan preciosos como los que te he enseñado.

–Entonces, las vitrinas del museo tendrán que estar bien encastradas en el suelo...

–Sería una medida muy prudente –dijo él en un tono burlón y cálido.

–¿Podemos exponer algunos de esos tesoros en el museo?

–¿Seguimos hablando de diamantes, niña mala? –preguntó él con los ojos entrecerrados.

–Claro. No voy a compartirte con nadie.

Estaba convencido de que había acabado con todas las reticencias de Leila sobre el nacimiento de su hijo. Ella apoyaba la cabeza en su hombro y le rodeaba la cintura con un brazo. Nunca se había sentido tan unido a nadie y ella parecía sentir lo mismo. Era un triunfo y un alivio enorme para él. Cuando llegaron al coche, la empujó contra la carrocería y le susurró al oído.

–Te deseo otra vez.

–¿Qué hacemos? –preguntó ella fingiendo sorpresa.

–¿Volvemos corriendo a casa?

–¿Por qué no aquí? –le retó ella mirando alrededor.

–Porque todo el mundo saldrá del trabajo dentro de muy poco y no quiero asustarlos.

–¿Una cosa rápida entre las sombras? –preguntó ella mirando hacia una arboleda.

–Mejor, una cosa rápida en el coche. Me encanta que haya cierto peligro, ¿a ti no?

–A mí también –reconoció ella–. Es mucho más excitante.

–¿Y tú eres la hermana modosa?

–Eso dicen.

–Pues están equivocados.

–Gracias a Dios –dijo ella dirigiéndole una mirada maliciosa mientras se montaba en el coche.

La semana siguiente fue frenética de noche y de día. Pasaron por la cama, el baño y todas las superficies po-

sibles de los aposentos de él y durante las horas labora-
les la llevó por todos los departamentos para que enten-
diera el proceso de convertir una piedra pulida en una
obra de arte. Era una alumna aventajada en los dos te-
rrenos e, inevitablemente, se unieron más todavía, se di-
virtieron, se contaron sus preferencias y aprendieron más
cosas el uno del otro. Él estaba casi seguro de que se
quedaría. ¿Por qué iba a marcharse si en la isla tenía
todo lo que podía necesitar? Estaba contento cuando fue
a recogerla para ir a cenar y llamó a su puerta.

–Adelante...

–¿Puede saberse...?

En ningún momento había podido imaginarse que se
la encontraría haciendo la maleta.

–Tu abuela me llamó para decirme que mañana iba a
tomar el avión para ir a Londres –le explicó Leila despreo-
cupadamente–. Me preguntó si me gustaría ir con ella.

–¿Qué...?

–¿No te lo ha dicho?

–¿Tú qué crees, Leila?

Los viajes repentinos eran muy típicos de su abuela,
pero ¿por qué le había pedido a Leila que la acompañara? ¿Por qué había aceptado? ¿Por qué se marchaba?

–¿Por qué no me lo has dicho tú? ¿Cuándo ibas a decírmelo? ¿Cuando hubieses llegado a Skavanga?

–No te enfades conmigo, Rafa. Los dos sabíamos
que no iba a quedarme para siempre.

–Eso es una novedad para mí.

–No –replicó ella con firmeza–. Siempre he dicho
que volvería a Skavanga para tener el hijo. Nunca te he
engañado. Te lo dije varias veces.

Era verdad, pero él había creído que ella cambiaría
de opinión... que había cambiado de opinión.

–Tengo que volver antes de que esté demasiado embarazada para organizar la exposición.

–¿La exposición? –repitió él con incredulidad–. ¿No puedes dejársela a otra persona?

–No. Ya sabes lo que siento por el museo y creí que te gustaría que siguiera con el trabajo como habíamos previsto.

–¿Sin decirme antes que ibas a marcharte?

–Sabía que hoy estabas muy ocupado y pensaba decírtelo esta noche.

–¿En la cama o fuera de ella?

–Eso no es justo, Rafa. Iba a decírtelo en cuanto te viera. Fue algo repentino. No sabía que tu abuela iba a ir a Londres y desde allí hay muy buenas conexiones con Skavanga.

Se había quedado mudo por la furia y sacudió la cabeza para conservar el dominio de sí mismo.

–Al menos, podrías haber tenido la cortesía de hablar conmigo antes de marcharte de la isla con nuestro hijo, pero supongo que ya has conseguido todo lo que querías de mí y que es el momento de que te marches...

–¡No! –Leila lo interrumpió con rabia–. Nunca hemos tenido ese tipo de relación. Rafa, por favor, sé razonable.

–¿Razonable? ¿Dónde entra la razón en lo que se refiere al nacimiento de este hijo? No vas a ninguna parte, Leila.

–¡No seas ridículo! –exclamó ella mientras él cerraba el pestillo de la puerta–. No puedes impedir que me marche. Aparte de que me encierres para que pierda ese vuelo, mañana volveré a mi casa. No quieres contarme tus obsesiones y ya no podemos llegar más lejos. Yo te he contado todo, Rafa –ella sacudió la cabeza con un gesto de decepción–, pero tú no me has contado nada. Quieres controlarlo todo sin darme un motivo para que tengas que hacerlo. Si no puedo entenderte, ¿adónde vamos? No iba a marcharme sin más. Iba a darte las gracias antes...

–¿Ibas a darme las gracias? –preguntó él apoyándose en la puerta–. ¿Debería estarte agradecido?

Sin embargo, ella tenía razón. No podía abrirse a nadie, ni a Leila, pero había estado convencido de que se quedaría.

–Rafa, por favor –le pidió ella cerrando la maleta–. Todo está organizado. Tengo el billete reservado. No voy a desaparecer como mi hermano y tú hacéis muchas veces. Sabes dónde estoy y puedes visitarme siempre que quieras.

–¡Por Dios, Leila! Estás esperando a mi hijo. No puedes marcharte así.

–¿Habías pensado retenerme prisionera en la isla hasta que naciera?

Se hizo un silencio, hasta que ella lo rompió con una risa amarga.

–Sí –susurró ella con incredulidad.

–Solo quiero que estés segura.

–Otra vez. No entiendo esa obsesión con que esté segura cuando estoy igual de segura en Skavanga. No puedes gestionar el nacimiento como si fuese una operación comercial, Rafa.

Ella no podía saber lo profundos que era sus miedos por ella y él no podía decirle que habían llegado a un punto muerto.

–Voy a marcharme, Rafa –insistió ella con firmeza–. Solo tienes que tomar un avión para verme. Por favor, no te enfades conmigo.

–¿Y tengo que creerme que mi abuela te llamó de repente?

–Sí, es lo que hizo.

Él tenía que reconocer que no sería la primera vez que su abuela actuaba imprevisiblemente. Probablemente, iría a visitar a su médico en Londres y había querido que la acompañara alguien. Los ojos de Leila reflejaban cierta melancolía que le indicaba que a ella le gustaría que las cosas pudiesen ser distintas, casi como si quisiera que él le suplicara que se quedara. Había estado tan centrado en el nacimiento que no había pensado en el futuro. En ese momento, suponía que se había imaginado que, después del nacimiento, Leila seguiría con su vida y él con la suya, que vivirían vidas separadas y que solo se encontrarían cuando se intercambiaran el hijo en una visita... Sintió náuseas solo de pensarlo. La idea de intercambiarse el hijo como un paquete... Leila tenía los ojos llenos de lágrimas como si esperara que él dijera algo que arreglara las cosas entre los dos, pero su vida estaba cimentada en la objetividad, no en los sentimientos, y no podía decir nada que ella quisiera oír.

—Rafa, siempre supiste que, en algún momento, tendríamos que seguir con nuestras vidas. Todavía no me han hecho la primera ecografía.

—Pueden hacértela aquí.

—Ya tengo cita en Skavanga. Puedo mandarte una fotografía.

—No —replicó él sacudiendo la cabeza.

¿Para qué quería una fotografía? Leila se merecía estabilidad, seguridad y acabar con un hombre que pudiera sentir emociones. Él no podía ofrecérselo. El hielo ya le había atenazado el corazón como pasaba siempre que las emociones lo amenazaban. Además, aunque la dejara marcharse, podría controlar todos los aspectos del nacimiento desde la distancia.

—*Bon voyage*, Leila —se despidió él—. Como bien dices, solo tengo que tomar un avión.

Capítulo 11

S E DOMINÓ hasta que Rafa se marchó de la habitación y luego se desmoronó. Alguien debería haberle advertido lo mucho que costaba mantenerse firme. ¿Britt se sentía así después de una de sus peroratas intempestivas? ¿Eva se plegaba como una hoja con hielo en las venas en vez de sangre? Cuando sus hermanas se comportaban inflexiblemente, ¿era una farsa? La tentación de volver a ser la chica modosa de siempre era abrumadora. Quizá lo hubiese hecho de no ser por el hijo que esperaba y que dependía de ella. Nunca habría un momento indicado para dejar a Rafa y había aprendido muchas cosas mientras estaba allí. Había cambiado, había descubierto lo fuerte que era. Quizá lo hubiese sido siempre, pero sin demostrarlo. Rafa, al hablar del hombre puntero, al querer controlar todos los aspectos del nacimiento, le había abierto los ojos. Ella había llegado a amarlo y ya no podía amarlo más, pero no podía esperar que él la amara. Dudaba incluso que tuviera la capacidad de amar. Su reacción cuando le ofreció mandarle una foto fue una prueba más que suficiente. Eso era lo que la había desgarrado. Se cubrió la cabeza con los brazos y gritó toda su impotencia en ese cuarto vacío. Sin embargo, hasta eso era una concesión. Tenía que ser fuerte por el bebé y afrontó la cruda realidad. ¿Acaso un aristócrata como don Rafael León se plantearía seriamente avanzar en una relación con Leila Skavanga, una pueblerina que trabajaba en una mina que estaba más allá del Círculo Polar Ártico y cuyo padre había sido un borracho y su madre su saco de boxeo?

Volvió a llorar al pensar en su madre. Le había dicho que siempre fuese osada, pero ¿estaba siendo osada o terca? No siempre era fácil ser fuerte, ni siquiera cuando tenía que pensar en su hijo. Algunas veces echaba de menos a su madre con un dolor muy intenso y esa era una de esas veces, pero no iba a desoír los deseos de su madre, iba a seguirlos para que valieran para algo. Conseguiría que se hablara en todo el mundo de la exposición y escribiría una nota a Rafa para liberarlo a la vez que le prometería que no lo dejaría al margen de la vida de su hijo. Se habían necesitado dos personas para engendrar a ese hijo, pero lo sacaría adelante ella y ella lo daría a luz en Skavanga sin ningún hombre puntero cerca.

La llamada conectó por fin, pero él ya estaba mordiéndose los muñones por la desesperación.

—Abuela, ¿puede saberse qué estás haciendo?

—Vaya, Rafael —ella atemperó su acaloramiento—. Debe de ser una llamada seria.

—Sabes que es seria. ¿Cómo has podido hacerme esto?

—¿Cómo he podido hacerte esto, Rafael? Es posible que esté salvándote de ti mismo.

—Destrozándome se parecería más a la verdad —él se rio fugazmente y con desdén—. ¿No sabes lo que significa para mí que se quede aquí para que yo pueda supervisar el nacimiento?

—¿No sabes cuánto te quiero, Rafael?

—Sabes que sí lo sé —gruñó él.

—Entonces, confía en mí. Sé lo que hago.

–Eso espero.

Tenía que hacer un esfuerzo para sofocar la rabia, pero siempre había respetado a su abuela y no perdía el dominio de sí mismo cuando hablaba con ella.

–Sé que crees que deberías hacer algo más, Rafael, pero no puedes controlarlo todo.

–Puedo intentarlo.

–No puedes obligar a Leila a que te obedezca. Ella tiene opiniones propias.

–No hace falta que parezcas tan complacida por eso.

–Rafael, si capturas un pájaro salvaje, morirá.

–¿Y si lo dejas libre?

–El tiempo dirá si tengo razón o no –insistió su abuela–. ¿No vas a desearme *bon voyage*?

–Que tengas un buen viaje y que vuelvas pronto –consiguió decir él con los dientes apretados.

Estar en el avión privado de la abuela de Rafa era divertido y desenfadado, o podría haberlo sido si no estuviese alejándola del hombre que amaba.

–No hay que avergonzarse de tener un poco de miedo cuando despega un avión –comentó la abuela de Rafa entregándole una caja con pañuelos de papel.

A ella no le daba miedo volar, solo le daba miedo perder a Rafa, quien se la había quitado de encima casi sin oponerse.

–¿Mejor? –le preguntó la viuda cuando ya estaban en vuelo.

–Mucho mejor, gracias –contestó ella con una sonrisa cautelosa.

–Leila, tú y yo somos supervivientes. Nada nos derrumba durante mucho tiempo. Somos como corchos que siempre salen a flote y aprendemos de los reveses, ¿verdad?

–Sí... Prométeme que vendrás a visitarme en Skavanga cuando haya nacido el bebé.

–Intenta evitarlo. Sin embargo, voy a pedirte algo a
cambio.

–¿Que te visite?

–Efectivamente.

La anciana la miró sin inmutarse mientras le tendía
la mano para cerrar al trato.

–Trato hecho –concedió Leila en voz baja.

–Ahora, voy a contarte algunas cosas sobre Rafael
que él no te contaría jamás. No te las he contado antes
porque siempre he respetado sus secretos, pero no
puedo quedarme de brazos cruzados mientras veo cómo
destruye lo mejor que le ha pasado; tú y tu bebé.

En el fondo, ella siempre había creído que esa mujer
nunca hacía nada sin un motivo y que ese viaje a Londres
era la ocasión perfecta para que estuviesen mano a mano.

–Rafael me recuerda mucho a su abuelo. Aunque...
–la viuda hizo un gesto vago con las manos–. Rafael
tiene motivos para ser como es y mi marido no tenía
ninguna excusa.

–Pero lo amabas.

–Lo adoraba –le corrigió la abuela de Rafa–. ¿Quién
quiere un hombre débil? Yo, no. Estabas llorando por
Rafa cuando despegamos, no porque tuvieras miedo.

–Me parecía muy triste dejar la isla –reconoció Leila
sin comprometerse.

–Y eso no es todo. Creo que no te asusta nada, Leila
Skavanga, menos tu corazón. Desde luego, no te asusta
volar aunque tendrías motivo después del... accidente
de tus padres.

–Curiosamente, nunca me ha afectado en ese sentido.

–¿Porque no fue un accidente? –preguntó la viuda
cuando Leila vaciló–. La prensa dio a entender que tu
padre estaba bebido cuando pilotaba.

La franqueza de la viuda era estimulante y estuvo tentada de soltar pensamientos que la habían perseguido durante años.

–También es posible que mi madre tomara el control porque estaba harta.

–Y los estrelló.

–No es agradable que te controlen –concedió Leila.

–Sin embargo, tú no dejarías que nadie te controlara. Si te dijera que la madre de Rafael murió cuando estaba dándolo a luz, quizá entendieras mejor sus miedos.

¡No...! ¡No...! ¡No...!

–No tenía ni idea.

–Y Rafael no quería que lo supieras, no quería asustarte y no te lo habría dicho nunca. Por eso quería tener la ocasión de que estuviéramos solas. Está volviéndose loco por tu seguridad, Leila. Por eso cree que tiene que controlar todos los aspectos del nacimiento de su hijo.

Encontró la nota inmediatamente. Leila la había dejado en su almohada. Apretó los dientes y pensó romperla. ¿Qué podía decirle que no supiera ya? Sin embargo, se apoyó en la pared y abrió el sobre. Era una separación cortés y carente de emoción. Era una petición, razonable y consideraba, para que siguieran siendo amigos. Le ofrecía que visitara a su hijo cuando quisiera, siempre que fuese en Skavanga. Ella no quería nada de él, ni dinero ni ayuda con la casa ni nada. Aunque prometía mantenerlo informado... cuánta amabilidad por su parte. Le agradecía su magnífica introducción en la industria de los diamantes y pensaba seguir sus estudios y especializarse en gemología, en Skavanga, naturalmente. Entonces, hizo trizas la nota y la tiró a la papelera. Leila le había desbaratado el mundo con su marcha. De no haber sido por el bebé... ¿No volvería a verla?

Sin embargo, había un bebé, ese bebé tenía que nacer y él tenía que estar seguro de que Leila había superado el parto sana y salva. No le bastaba con rellenar cheques y tirar de los hilos. Tenía que estar seguro. Él era así, como Leila era terca. Tenía que ver en persona que había sobrevivido al parto, por mucho que le enfureciera cómo había soltado amarras, prefería morirse antes que hacerle algún daño.

La viuda se había quedado dormida y ella se había quedado dándole vueltas a esa revelación increíble. Que su madre se hubiese muerto de parto explicaba muchas cosas sobre Rafa. Ya sabía por qué quería controlar el nacimiento de su hijo. No era para imponerle su autoridad, como ella había supuesto, sino solo para que estuviera segura. ¿Y qué había hecho ella? Había cortado irreversiblemente todos los lazos con él. Estaba acostumbrada a los cambios radicales desde que era muy joven y había creído que lo mejor era una ruptura definitiva. Sin embargo, ¿había intentado conocerlo de verdad? Se encogió al darse cuenta de lo egoísta que había sido.

–¿Lo has hecho, cariño?

Leila parpadeó y se dio cuenta de que había hablado en voz alta.

–Me temo que solo he pensado en mí misma.

–Llevo años diciéndole lo mismo a Rafael –comentó la anciana–. Creo que ya va siendo hora de que los dos os quitéis la venda de los ojos.

Le parecía que había pasado una eternidad desde que se marchó de la isla y su mundo personal había estado girando en el sentido equivocado. Equivocado porque no la acercaba a Rafa. En cuanto a su trabajo, no podía haberle ido mejor. La preparación del espacio para la exposición iba muy bien, pero no había sabido nada de Rafa, aunque había puesto a su disposición todos sus considerables recursos. Además, ¿por qué iba a saber algo de Rafa cuando ella le había dejado muy claro en la carta que habían terminado para siempre? Sin embargo, ya tenía la ecografía y tenía que hablar con él urgentemente. Tenía una noticia inmensa. Había intentado localizarlo en todos los números que él le había dado, incluso el de su asistente personal, quien no decía nada sobre el paradero de Rafa, y su abuela. Sharif y Roman quizá hubieran podido decírselo, pero no había querido tener esa conversación inevitable con ellos y llamó a Britt.

–¿Quién sabe? –dijo Britt bostezando–. No hemos sabido nada de él.

Ella oyó a Sharif que murmuraba algo y se dio cuenta que debían de estar juntos en la cama. Cortó la llamada inmediatamente y pensó en llamar a Eva, pero no quiso que la sometiera a un tercer grado. ¿Qué sabía de Rafa León? No sabía ni dónde estaba ni cómo ponerse en contacto con él. Anhelaba estar entre sus brazos en ese momento y entregarse a él, pero había hecho todo lo que había podido para alejarlo.

–Los bebés están muy bien, gracias –le comunicó al aire–. Los gemelos están bien, Rafa.

¡Se acabó el control! Se acabaron las réplicas de Leila de que estaba bien y que podía vivir sin él. Se acabó la insistencia de sus hermanas cuando decían que Leila necesitaba distancia. Ya le había dado bastante distancia y el nacimiento de su hijo era inminente. Había estado al tanto desde lejos. Ella acudía periódicamente a revisiones, comía bien, trabajaba un número aceptable de horas y descansaba mucho. Era un modelo

de futura madre moderna. Debería estar satisfecho con
eso, pero no lo estaba con dejar que pasara sola el parto.

—Pista libre, Romeo-Lima-dos-cinco-ocho...

—Roger, Control.

Abrió las válvulas de los motores gemelos y soltó los
frenos. Por un momento, se conformó con dejar que su
espíritu volara con el avión. Cada segundo que pasaba
estaba más cerca de Leila y de las respuestas que solo podría encontrar cuando estuviesen juntos. Leila Skavanga
había invadido hasta el último rincón de su ser. La vida
con ella era en Technicolor y de un gris mortecino sin
ella. Una vez en vuelo, cedió el control a su copiloto.

—¿Un café, Tyr?

—Sin leche —le recordó el imponente vikingo.

Se quitó los cascos y salió de la cabina. Leila y él tenían secretos, pero, probablemente, el suyo era el más
difícil de mantener. El hermano de Leila había vuelto a
su vida. Ella no lo sabía todavía y él no podía darle la
noticia. Tyr les diría a sus hermanas que había vuelto
cuando estuviese preparado. Los auxiliares de vuelo se
pusieron firmes en cuanto vieron a Rafa.

—Me serviré yo mismo —les dijo todo lo educadamente que pudo y ellos se esfumaron.

Nadie le rechistaba cuando estaba de ese humor.
Leila sí le rechistaba, pero Leila no le tenía miedo a nadie. Preparó dos tazas de café bien fuerte. ¿Por qué la
echaba tanto de menos? Era discreta pero lo había desafiado constantemente y, seguramente, era la mujer
más fuerte que había conocido. Además, estaba lle-
gando la Navidad y no podía quedarse sola. Sus hermanas iban a marcharse con sus maridos de vacaciones y
no soportaba la idea de que Leila estuviese sola. Sonrió,
se encogió de hombros y tomó el teléfono por satélite.

Capítulo 12

SEGUÍA trabajando y pensaba seguir hasta que el museo cerrara en Nochebuena. Volvería en Año Nuevo si no había dado a luz todavía. Todo estaba organizado. Había escrito las felicitaciones, había envuelto los regalos y había encendido la chimenea. La Navidad iba a ser fantástica. Pensaba decorar el cuarto de los niños y terminaría la mantita de punto que había hecho tan laboriosamente. También había horneado algunos pasteles que había repartido entre los vecinos y la casa olía muy bien. Le quedaba poco tiempo porque la médica le había dicho que, al ser gemelos, podían adelantarse un poco. Solo le faltaba una cosa en los preparativos de Navidad, se dijo mientras se sentaba delante de la chimenea, y era ese hombre... Tomó el periódico, miró la foto de esa cara increíblemente guapa y empezó a leer la noticia.

Don Rafael León, famoso multimillonario español, lo consigue otra vez. Se juega la vida en una tormenta de arena en Kareshi...

Se le paró el pulso. ¿Por qué no dejaba de jugarse la vida? ¿Por qué tenía que hacerlo? ¿Por qué no estaba allí? ¿Por qué no sabía nada de él? Se frotó la cara con las manos y se acordó de que se había empeñado en dar a luz sola y de que él se lo había permitido a regañadientes. Ya sabía por qué estaba tan preocupado y por qué había estado vigilándola desde la distancia; su doctora le había contado que el médico de Rafa la llamaba periódicamente y que, incluso, había hablado con el propio Rafa, aunque él nunca dejaba un número de teléfono. ¿Por qué iba a dejarlo cuando ella le había dicho en la carta que no se pusiera en contacto? ¡Esa maldita carta! ¿Por qué se la dejaría? ¿Para ser justa con Rafa? ¡Qué hipocresía! ¿Qué se había pensado? Evidentemente, había pensado con las hormonas. ¿Por qué no podía estar allí? ¿Dónde estaba? ¿Estaba bien? ¿Por qué habían desaparecido dos de los mejores hombres de su vida? ¿Estaba gafada? Quería decirle que ya lo entendía todo. Quería abrazarlo y ser fuerte por él. Contuvo las lágrimas porque sabía que tenía que ser fuerte por los bebés y siguió leyendo el periódico.

Rafa León llevará más joyas fabulosas con los Diamantes de Skavanga.

Rafa y sus socios del consorcio habían convertido a Skavanga en un nombre conocido. Cuando estuvo en la isla y le preguntó el secreto de su éxito, él le contestó que la publicidad, un buen producto y un punto de venta singular. Además, claro, enseñaba joyas fabulosas en sus cámaras acorazadas, pero que su tesoro más valioso estaba en una cueva subterránea vigilada por dragones... Las lágrimas le brotaron al acordarse de cómo se rieron. Estaban en la cama...

No. Se había acabado. Los recuerdos, sobre todo los recuerdos de los momentos íntimos entre ellos, estaban completamente prohibidos. El humor de Rafa y sus palabras cariñosas también estaban prohibidos. Tenía que dejar de pensar en él, pero ¿qué iba a hacer él en Navidad? Miró alrededor. ¿Estaría en algún sitio como ese o en un hotel impersonal? Su casa, con las velas y los lazos rojos, era cálida y acogedora. Solo faltaba una cosa... Pronto se pondría una bata roja y una barba de algodón y se sacaría regalos de un saco. Además, tenía comida abundante. ¿Qué más quería? ¡No podía pensar en su nombre siquiera! Durante cinco segundos... Había mandado la felicitación para Rafa y para su abuela. La de Rafa fue escrupulosamente neutra. *Te deseo una Navidad maravillosa y el mejor Año Nuevo, Leila.* Eso no era pensar en su nombre, solo era hacer un repaso mental para cerciorarse de que no se había olvidado de nadie. Le había mandado una felicitación como la que le habría mandado a un amigo que ya sabía bastante de su vida aunque le dejaba entrever que había vuelto a su vida y estaba encantada... Salvo por el agujero que tenía donde antes estaba el corazón. No iba a pensar en eso. ¿Siempre estaba tan silenciosa la casa? Miró el teléfono y se acordó de que lo había apagado. Sus hermanas estaban mareándola por correo electrónico para que lo encendiera porque faltaba muy poco para el nacimiento, pero ella no quería hablar con nadie que no fuese Rafa y él no iba a llamar.

Miró por la ventana, vio los copos de nieve, y sonrió melancólicamente ante la idea de que Rafa se hubiese convertido en un héroe local. Había ayudado a que Skavanga volviera a ser importante, la marca Diamantes de Skavanga ya era famosa en todo el mundo y la gente de Skavanga lo adoraba por todo eso. El pueblo había estado mucho tiempo en decadencia mientras Britt trabajaba incansablemente para mantenerlo todo a flote, hasta que llegó el consorcio y parecía que todos los días eran Navidad. Todos habían trabajado mucho...

Palabrería. El fuego crepitaba y la nieve golpeaba levemente en la ventana. ¿Qué podía hacer? ¡Pero bueno! Ya había cenado y era casi la hora de acostarse, ¿no era el momento más esperado? No solo para descansar, olvidarse y, quizá, soñar, sino para sacar las cosas de los bebés, tocarlas, doblarlas, llevárselas a la cara... Podía pensar un rato en los gemelos antes de acostarse. ¿Qué podía ser mejor que eso? Eran los gemelos de los que Rafa no había oído hablar todavía. Se abrazó el inmenso abdomen y se mordió el labio inferior. ¿Por qué nadie sabía dónde estaba Rafa? ¿Debería dejarle que disfrutara las fiestas en paz o debería seguir intentando en los números que le había dado Britt? Miró el teléfono silencioso y apagado. Sin embargo, nada le impedía intentarlo otra vez en esos números. Si estaba ocupado, al menos sabría que había intentado localizarlo. Tomó el teléfono, lo miró unos segundos, lo encendió... y dio un respingo cuando sonó.

—Leila... ¿Puede saberse dónde te habías metido, Leila?

—Fel... iz...

—¿Qué respuesta es esa?

Estaba muda por la sorpresa. La voz de Rafa la había paralizado. Se empapó con el sonido de su voz. Él podría haberle pedido una pizza y, aun así, ella habría llorado igual. Oírlo, saber que estaba bien... Tuvo que apartar el teléfono de la oreja para tomar aliento y reponerse.

—Hola, Rafa... Qué sorpresa...

—Si dices que te alegras de oírme, te encontraré y te daré unos azotes aunque estés embarazada. ¿Por qué tenías apagado el teléfono?

—Umm... No podía dormir, lo apagué y me olvidé de encenderlo otra vez.

—Vi la lista de tus llamadas y estaba muerto por la preocupación. Te he llamado sin parar.

—Perdona...

—Hablé con tus hermanas y solo me decían que estabas recluida, que quizá necesitases un poco de distancia. Tal y como lo dijeron me pareció que era distancia de mí...

–Has hablado con Eva, claro.

–Es posible.

Él no quería meter en problemas a su hermana y eso era un detalle.

–¿Es verdad? –le preguntó él con impaciencia–. ¿Necesitas distancia? Háblame, Leila. Necesito oír tu voz.

Necesitaba oír su voz... Ella miró alrededor para cerciorarse de que no estaba soñando con Rafa otra vez.

–Estoy bien, ya no necesito distancia.

–Entonces, ¿estás bien, Leila?

Estaba muy bien con la voz de Rafa cubriéndola como si fuese miel.

–Bastante bien, gracias.

–Bastante bien –él se rio–. Tu doctora no me decía nada, aparte de que no me preocupara porque estabas sana y el embarazo avanzaba según lo previsto.

–Es la confidencialidad entre médico y paciente, ya sabes.

Se alegró de que él no supiera nada de los gemelos, no habría podido soportar que se lo hubiese contado otra persona, pero tampoco iba a contárselo por teléfono.

–¿Y... dónde estás? –siguió ella.

–En tu puerta.

¿Qué...?

–¿Me has oído, Leila?

–Eres peor que mi hermano –el corazón se le desbocó. Cuanto Tyr desaparecía, nunca se sabía cuándo volvería–. Perdona... Sí, te he oído.

–¿Y bien? ¿No vas a abrirme?

Se levantó pesadamente y se dio media vuelta. Mientras iba hasta la puerta, no pudo evitar preguntarse cómo podía compararse una cabaña de madera con un castillo. Era acogedora, le encantaba y estaba vivida, así podía compararla. Ya solo quedaba la puerta entre los dos. Podía notar Rafa al otro lado. Agarró el pomo, tomó aliento y la abrió de par en par.

Estaba impresionante, pero daba igual, tenía que dominar el impulso de arrojarse en sus brazos. Llevaba meses sin saber nada de él y lo correcto era mantenerse fría... ¡Y un cuerno! Le rodeó el cuello con los brazos y lo abrazó como si su vida dependiera de ello.

–¡Rafa! –hacía frío y tenía la mejilla con barba incipiente helada, pero olía de maravilla y era tan sólido y fabuloso como recordaba–. Es maravilloso verte.

–Lo mismo digo –replicó él sin inmutarse.

Ella se soltó y retrocedió sintiéndose ridícula. Era una forma ridícula de saludar a alguien a quien no había visto desde hacía meses y no podía reprocharle su reacción. La miraba de arriba abajo y ella notó que le abrasaban las mejillas por el bochorno.

–¿No vas a entrar? Hace frío...

Además, tenía que recomponerse, se dijo a sí misma dándole la espalda. Cerró la puerta cuando él entró y se dio la vuelta. Llevaba un chaquetón de plumas negro y unos vaqueros y estaba disparatadamente guapo. Además, también lo amaba disparatadamente porque su amor no se basaba en la realidad ni tenía esperanza. Estaba loca por él y tendría que disimularlo si no quería que fuese el encuentro más bochornoso de su vida.

–Bonita –comentó él mirando la cabaña.

–Esta cabaña es de la familia desde hace generaciones.

–Eres muy afortunada, Leila. Tienes mucha historia y un lazo muy fuerte con un lugar.

Al revés que él, pensó ella al acordarse de lo que le había contado su abuela sobre su juventud.

–Sí, lo soy –reconoció ella mientras él seguía mirando alrededor.

Él llenaba mucho espacio y el poco que quedaba lo llenaba con su energía. Nunca volvería a ver igual la cabaña, se dijo a sí misma mientras Rafa se quitaba el chaquetón por el calor. Ella lo tomó y sintió la calidez de su cuerpo mientras iba a colgarlo.

–Cuando dijiste que vivías en una cabaña, no supe qué imaginarme, pero es un hogar encantador. Además, el lago, los árboles, el camino... Todo es espectacular. No me extraña que no quisieras marcharte de Skavanga.

De repente, quedarse en Skavanga le pareció un castigo excesivo por dejar al margen al resto del mundo y a Rafa León.

–Skavanga es precioso, pero salir de aquí también está bien.

–¿A la isla?

–Tu isla es maravillosa, Rafa.

–Sí, lo es.

La miró y ella sintió la calidez. Era como si estuviesen estudiándose, buscándose los cambios. Oír la voz de Rafa en su casa era como oír la banda sonora de una película romántica. No eran las palabras que empleaba, sino el tono, el deje... ¿Era eso una buena idea? Se preguntó mientras se miraban. Había que aclarar muchas cosas, que ponerse al tanto...

–Siéntate, Leila, pareces cansada.

Se dejó caer en una butaca mientras él miraba unas fotos color sepia. Verlo la había agotado. Era la oleada emocional mezclada con las hormonas del embarazo en alerta roja.

–Pasábamos las vacaciones aquí con mis abuelos –le explicó ella mientras él miraba las fotos de la pared–. Era la cabaña de los primeros buscadores, pero fuimos mejorándola con el tiempo y...

–¿Y ya tenéis el cuarto de baño dentro? –le interrumpió él con un brillo burlón en los ojos.

–¿Puedes imaginarte a Britt usando un cubo?

Los dos se rieron y la tensión se alivió un poco.

—A medida que la mina iba prosperando, muchas personas empezaron a construir cabañas por los alrededores —le explicó ella cuando él miró por la ventana.

—Perdona, es que estoy esperando una camioneta y no quiero que los hombres se queden fuera.

—¿Una camioneta?

—Con suministros.

—Ah...

No podía asimilarlo, pero debió de fruncir el ceño porque Rafa se encogió de hombros.

—Devuélvelos si no los quieres, pero también hay comida, así que vamos a cenar primero.

—Tienes hambre —comentó ella con una sonrisa.

—No he podido comer. Han sido un vuelo y un trayecto en coche largos, pero compensan.

—¿No quieres sentarte?

—¿Por qué? ¿Hago que el sitio parezca desordenado? —preguntó él con una sonrisa torcida.

Hacía que pareciera pequeño. Rafa se apartó de la ventana, se apoyó en la pared con los brazos cruzados y sonrió. Los dientes blancos contrastaron con la piel curtida.

—Me alegro de verte otra vez, Leila.

—Has estado en el desierto...

Rafa la señaló con un dedo amenazante.

—Te dije que nada de preguntas.

—Sobre Tyr —concedió ella—. Entonces, ¿habéis estado trabajando juntos?

—Tyr te lo dirá cuando esté dispuesto a decírtelo. ¿Este es el primer buscador? —preguntó él mirando una foto de la pared y cambiando de conversación.

Ella se dio cuenta de que Rafa, como Tyr, era un experto guardando una confidencia.

—Efectivamente, ese es mi antepasado, el primer Skavanga.

—No te pareces nada a él.

–Acabé decidiendo que la barba no me favorecía.

–Deberías colgar esta foto en el museo –comentó él con una sonrisa.

–Me he adelantado, señor León. Ya hay una copia colgada en el vestíbulo de entrada.

–Debería habérmelo imaginado, doña Eficiencia.

Rafa le miró el vientre y ella se sonrojó.

–¿De cuántos meses estás, Leila?

–Me falta un mes o así.

Esa conversación iba de un lado a otro y tenía el cerebro tan torpe por el embarazo que todavía no le había contado que esperaba gemelos.

–Creía que te faltaba más. Según mis cálculos...

–Tus cálculos no sirven de nada.

–Ah...

–Hay cosas que no puedes saber, Rafa.

–¿Por ejemplo? –preguntó él con recelo.

–Por ejemplo, que voy a tener gemelos.

–¿Gemelos...? –por una vez, él pareció atónito y bajó la cabeza–. ¿Dos bebés?

–Es lo normal –contestó ella intentando parecer despreocupada mientras esperaba su reacción.

Encontrarse con el doble de lo esperado no podía hacerle mucha gracia a un hombre que no quería tener hijos. El rostro de Rafa se iluminó antes de ensombrecerse radicalmente. La sorpresa había dejado paso al terror ante la idea de que ella diera a luz a dos bebés.

–Tu abuela me explicó por qué sientes lo que sientes –siguió ella inmediatamente–. Por favor, no te enfades con ella, Rafa. Lo hizo porque te quiere y porque sabe que yo también te quiero.

Lo había dicho, había dejado al descubierto sus sentimientos para que él los machacara si quería, pero eso era demasiado importante para ella y no podía guardarse nada. El rostro de Rafa tampoco reflejó nada, pero

¿por qué iba a reflejarlo cuando él había ocultado sus sentimientos toda su vida y ella había sacado a relucir un pasado que él prefería olvidar?

–Tu abuela me contó que tu madre murió de parto cuando naciste tú. Aparte de lo que sentiste cuando fuiste lo suficientemente mayor para entender lo que había pasado, también me contó que tu padre y tus hermanos no permitieron que olvidaras lo que había pasado...

Él se quedó en silencio y ella tendió una mano, pero la dejó caer. Él no quería compasión, no la había querido nunca, por eso reprimía sus sentimientos y rechazaba los de los demás.

–Gemelos... –murmuró él mirándola con los ojos más diáfanos–. ¿De verdad?

–De verdad.

Ella no sabía qué estaba pensando él, pero, al menos, estaba pensando en vez de expresar alguna reacción mecánica. Le daría todo el tiempo que necesitase.

–No te he preguntado si quieres comer o beber algo –siguió ella intentando volver a lo normal.

–Perdona, Leila, tengo que salir. La furgoneta acaba de llegar. Quédate donde estás –Rafa apoyó delicadamente una mano en su hombro, cruzó la habitación y se puso el chaquetón–. Son cosas de bebé –él frunció el ceño como si se diese cuenta de que tendría que replantearlo todo–. No sabía cómo lo habías organizado y por eso también he traído comida. Podemos hacer un picnic.

–Puede ser divertido.

Podría serlo si él no pareciese tan distante. Todavía estaba reponiéndose de la impresión y no podía reprochárselo.

–Relájate, Leila. No hay un programa, solo somos dos amigos que se reencuentran.

Claro. Se quedó hundida. Estaba tan sensible que todo era blanco o negro. Quizá no quisiese dos hijos, no había dado saltos de alegría con el primero... ¿Por qué no podía serenarse? Se sobresaltó cuando Rafa abrió la puerta y entró con una caja de cartón enorme.

–No te muevas –insistió él cuando ella fue a ayudarlo–. Puedo hacerlo yo.

Él no quería ninguna relación, se dijo a sí misma mientras se levantaba. Sin embargo, aunque había afirmado categóricamente que no quería nada de él ni lo necesitaba, su corazón echaba a volar solo de pensar en que él había ido de compras por ella. Ella debería hacer que se sintiera bien recibido a cambio. Sacó unos platos del armario justo antes de que él volviera a entrar.

–¿Estás haciendo café?

–Sí...

Entonces, se dio cuenta de que para hacer café tendría que encender antes la cafetera y el tamaño de Rafa dominaba todo el espacio con esa energía que irradiaba de él...

–Déjalo, ya me ocupo yo...

Se acercó para hacer el café, la rozó y las manos empezaron a temblarle.

–Tengo que enseñarte algo –soltó ella de improviso.

–Ah...

Rafa estaba ocupado haciendo el café y no le prestaba mucha atención.

–Sí... –ella lo miró con ilusión.

–Muy bien.

Los ojos se le empañaron de lágrimas y tuvo que recordarse que él no sabía de qué estaba hablando y que estaba muy sensible por el embarazo, pero él podría mostrar algún interés... Aunque también ayudaría que ella le enseñara lo que decía que iba a enseñarle. Además, si seguía estando distante cuando se lo enseñara, eso demostraría que estaba sola. ¿Acaso no era eso lo que había querido siempre? ¿No había querido hijos sin un hombre? En ese momento, le parecía una idea tristísima.

–¿Te pasa algo? –le preguntó él con preocupación cuando ella tomó aliento para no llorar.

–No, nada –contestó ella más para convencerse a sí misma que a Rafa.

–Perfecto. Entonces, iré a ayudar a sacar el resto de las cosas de la furgoneta para que puedan marcharse. Puedes ocuparte de lo que falta, ¿verdad?

–Sí –contestó ella automáticamente.

Rafa no había llevado solo comida, ni una caja de suministros. Era una camioneta entera con cosas para un bebé: ropa, juguetes, un moisés, una cuna, un parque...

–Rafa, por favor, basta. Es demasiado. No puedo permitir que hagas esto...

–¿Que haga qué? –preguntó él después de pagar a los hombres–. Tienes todo lo que necesitas.

–Precisamente.

–¿Qué? –preguntó él con impaciencia.

–No necesito nada.

–No empecemos. Es evidente que lo necesitas –él miró alrededor–. Es más, voy a pedir más cosas. Vamos, Leila... ¿Cómo vas a subir dos cunas por la escaleras en tu estado?

–Me las traerán y pagaré para que me las monten si hace falta.

–¿Y el parque?

–No lo necesito todavía.

Rafa ni siquiera estaba escuchándola y, de repente, se encontraron mirándose a los ojos con el ceño fruncido.

–No puedes llegar y tomar las riendas, Rafa. Es mi casa, mi embarazo...

–Y nuestros hijos. No voy a conformarme con aparecer unos días señalados después del nacimiento, Leila. Voy a participar desde el primer día, así que vete acostumbrándote. No intento competir contigo. Son nuestros hijos, ¿no tengo derecho a estar emocionado también?

¿Emocionado? Nadie lo diría por su expresión. Como siempre, parecía imperturbable.

—Claro que lo tienes, y si dejaras de ir de un lado a otro, me gustaría enseñarte algo.

Capítulo 13

QUÉ es, Leila? ¿Qué vas a enseñarme?

–Quería habértelo mandado, pero sabes desaparecer tan bien como Tyr y no quería arriesgarme a que se perdiera entre un montón de cartas en tu mesa.

–Como tu correo electrónico.

–Como mi correo electrónico –confirmó ella con ironía.

–¿Qué es? ¿De qué estamos hablando?

–Espera y verás –contestó ella con una sonrisa.

Él observó su abultado abdomen mientras ella cruzaba la habitación hacia un escritorio.

–Vas a necesitar una casa más grande –murmuró él–. Y yo voy a tener que pedir el doble de...

–No necesito nada, Rafa.

–Algún día tendrás que olvidarte de tu orgullo, Leila. Necesitas cosas. Déjame ayudarte. Esos bebés también son mi responsabilidad.

Ella pareció pensarlo y cuando se dio la vuelta tenía el rostro tan franco como la primera vez que la conoció.

–Sentí pánico cuando no podía encontrarte –ella escondía algo detrás de su cuerpo–. Creo que Tyr y tú no tenéis ni idea de cuánta gente os quiere y se preocupa cuando desaparecéis. ¡Por todos los santos! –exclamó ella con lágrimas en los ojos–. Ya he perdido un hermano, ¿crees que podría soportar perderte a ti?

–No has perdido a Tyr y tampoco me has perdido a mí. No te encontraba cuando te llamaba y no sé cuántas veces lo intenté.

–Umm... –ella lo pensó un momento–. Eva debió de decir en recepción que no me pasaran la llamada. Es el tipo de cosas que hace cuando intenta protegerme y no se da cuenta de que solo empeora las cosas. Sin embargo, tienes razón. Debería haber encontrado la manera de decirte...

–No. Tengo tanta culpa como tú. Ahora, enséñame lo que tienes detrás de la espalda.

Ella le entregó un sobre.

–¿Qué es? –preguntó él con angustia al acordarse de la otra carta de Leila.

–Empecé a escribirte, pero me di cuenta de que era inútil y tampoco quería que se quedara olvidado en la mesa de tu despacho. Es demasiado importante. ¿Por qué no lo abres...?

Rafa abrió el sobre y sacó una foto en blanco y negro. La miró en silencio. Era una imagen de la última ecografía, eran dos seres diminutos...

–Son nuestros bebés, Rafa –comentó ella con delicadeza–. Tus hijos... y los míos.

Los sentimientos acumulados durante todos esos años se desbordaron y los ojos se le llenaron de lágrimas. No había llorado jamás. No había previsto que ver a sus hijos iba a afectarlo así.

–Rafa...

Él no podía hablar ni pensar, solo quería mirar la imagen.

–Rafa, por favor, no vuelvas a desaparecer. Me asusté muchísimo.

La miró lentamente sin soltar la ecografía. No podía soltar esa evidencia ni devolvérsela a ella.

–Rafa... –repitió ella.

–Leila, mírame –él se arrodilló a sus pies y le tomó las manos–. Perdóname. No debería haberte dejado, no debería haberte hecho caso cuando decías que necesitabas distancia ni cuando yo creía que estaba cincelado en piedra. Los dos somos demasiado tercos.

–¿Cómo podría haberte encontrado si te necesitaba? –preguntó ella con una sonrisa muy leve–. No vuelvas a hacérmelo, Rafa. Ya no estamos solos, tenemos que pensar en estos dos –añadió ella acariciándose el vientre–. Seguramente, será mejor que vuelva a ser Leila la apaciguadora, la hermana que siempre hace lo que quieren los demás para que la vida sea tranquila...

–Es raro. Nunca te he considerado eso, Leila.

–Da igual porque ya no puedo serlo. Voy a ser madre y tendré que pensar en mis hijos. ¡Dos hijos de golpe! ¿Quién iba a haberlo pensado?

–Yo. Además, nunca has sido la secundaria que crees que eres. ¿No te das cuenta de que tus hermanas siempre te piden consejo? Confían en que mantengas la calma ante un problema.

–¿Como ahora? –preguntó ella con ironía.

–Hay una diferencia entre no gritar como tus hermanas y ser modosa y retraída, en realidad, todos recordamos siempre tu voz.

La abrazó y apoyó la cabeza en su abdomen. Notó un movimiento y el corazón se le llenó de amor. Se rio. Era un milagro y él era parte de ese milagro. Sobre todo, porque los bebés y Leila habían conseguido que tuviera sentimientos después de tantos años negándose ese placer. Gracias a ellos, podía vivir plenamente los momentos trascendentales. Se levantó y la besó, pero lo que había empezado como una expresión de amor se convirtió enseguida en pasión.

–Nunca volveré a abandonarte –aseguró él con firmeza.

–¿Ni siquiera cuando yo quiera que lo hagas? –preguntó ella con una sonrisa.

–Ni siquiera.

–Salvo cuando tengas que marcharte por trabajo...

–Solo me quedan un par de asuntos antes de Navidad y después me dedicaré a ti y a los hijos.

–¿De verdad?

–Dame tu lista de cosas que hay que comprar –murmuró Rafa.

–Aquí se puede encontrar casi todo lo que quiero, pero si lo dices en serio... –susurró ella.

–Completamente.

Podía notar sus propias lágrimas en la boca de Rafa, pero también podía ver reflejada su propia felicidad en los ojos de él. Ella, como él, también había reprimido sus emociones porque las temía, pero los dos las habían liberado y sentía una paz interior como no había sentido nunca.

–Nunca te había visto así –comentó él mientras ella se reía y sollozaba a la vez.

–Porque nunca me habías visto embarazada.

–Reconozco que esperar dos hijos justifica cierta actividad hormonal suplementaria...

Ella estaba encantada de sentir la fuerza de sus brazos y de sentirse segura.

–Es maravilloso estar en casa por fin, Leila.

–Y muy sorprendente querer tanto al hombre como al hijo –bromeó ella.

–Los hijos –le corrigió él–. ¿Qué...? –preguntó él besándola con indolencia.

–Creía que íbamos a comer algo.

–Vamos a comer, pero no todavía.

–¿Qué debería hacer para resistirme a ti?

–Nada.

Ella apoyó las manos en su pecho y se apartó un poco.

–En serio. ¿Cómo va a salir bien, Rafa, si somos de dos mundos distintos?

–Somos de dos mundos que chocan –replicó él sin dejar de besarla.

–¿Por qué no reconoces que tengo razón?

–Porque siempre tengo razón yo.

Ella dejó escapar un gruñido de advertencia y él sonrió. Leila era una futura madre apasionada y con las hormonas alteradas, lo que hacía que para él estuviese más hermosa que nunca. Era como una leona que se había escapado de la jaula que se había impuesto. La Leila modosa había sido una tentación, pero la versión nueva y atrevida le bastaba y sobraba.

–Serás una madre maravillosa, pero, en este momento, no es lo que estoy pensando...

–¿Cómo puedes desearme con este bombo y con una camisa desgastada de mi hermano?

La mención de Tyr lo alteró un instante y quiso calmarla, pero una promesa era una promesa.

–En ti, es como la última moda –bromeó él.

La anhelaba y se estremeció al besarla. Se apartó un poco para confirmar su teoría.

–¿Todavía te enloquece el sexo?

–¿Qué pregunta es esa? Claro que sí.

–¿Tu dormitorio...?

–Debajo del alero.

–Perfecto.

El dormitorio de Leila era un nido cálido y seguro. Si hubiese podido imaginárselo cuando estaba lejos, no se habría preocupado ni la mitad. No le extrañó que ella quisiese volver a Skavanga. Las grandes ventanas enmarcaban el lago, las montañas y los árboles nevados, era un paraíso por fuera y por dentro. Era el refugio que él nunca querría abandonar.

–¡Cuidado! Es muy bajo para ti –exclamó ella cuando él rozó una viga con la cabeza.

–Es perfecto para mí, Leila –replicó él mientras la dejaba en la cama, se quitaba las botas y se tumbaba a su lado.

–Nunca se me ha dado bien leer los pensamientos, pero sí otras cosas –comentó ella soltándole los botones de la camisa.

–Lo recuerdo muy bien –dijo él empezando a desvestirla.

–¿Por qué sonríes mientras me besas, Rafa?

–Lo sabes muy bien.

–¿El embarazo y la angustia te saben bien?

–¿Qué te angustia, Leila?

–Que pueda hacerlo con este bombo...

–Encontraremos la manera –le tranquilizó él besándole los pechos–. ¿Ves? Aquí no hay angustia –confirmó él pasándole la lengua por los pezones.

–Son más grandes.

–Son abundantes y preciosos. Toda tú...

–Estoy embarazada.

–Como si no me hubiese dado cuenta –murmuró él besándole el abdomen.

–Déjalo, estoy fea...

–Nunca puede decirse que una mujer embarazada está fea y tú estás especialmente guapa –insistió él bajando la cabeza entre sus muslos.

–No puedes...

–Creo que comprobarás que sí puedo...

–Sí... Rafa... Por favor....

–¿No pares? –preguntó él en tono burlón–. No pienso parar. Sabes demasiado bien...

–Oh... Yo... ¡No puedo contenerme! –gritó ella introduciendo los dedos entre su pelo.

–Déjate llevar... –le pidió él agarrándola con fuerza mientras la lengua hacía el resto.

–Ha sido increíble –consiguió decir ella entre jadeos.

–¿Más...? –preguntó él.

–Mucho más.

–Creo que lo has echado de menos –murmuró Rafa poniéndola de espaldas a él.

–Muchísimo...

Él se rio mientras la rodeaba con el cuerpo.

–Aguanta –susurró él levantándole una pierna.

–¿Cuánto tengo que aguantar? –ella tomó aliento cuando él se abrió paso con la mano–. No creo que pueda...

–El tiempo que quieras...

Ella gritó por el siguiente clímax antes de que él pudiera terminar la frase. Entró con mucha delicadeza. Ella se había hecho un ovillo para que él entrara mejor y estaba cálida y húmeda.

–Si te hago daño, dímelo.

–Te lo diré si paras –gruñó ella.

Él se rio un voz baja mientras ella volvía a jadear. Se meció lentamente mientras ella se contoneaba para marcar el ritmo. Leila no tardó en llegar al límite otra vez. Él notó la tensión de su cuerpo y que el placer estaba dominándola.

–Disfruta, corazón –murmuró él.

Ella se ajustó levemente y no pudo contenerse. Dejó escapar una serie de gritos de alivio y él aumentó el ritmo para alargarle el placer todo lo que pudiera.

Se durmieron abrazados. No siguieron la conversación, como quería Leila, ni esa noche ni a la mañana siguiente. Vivieron el sueño de estar juntos sin complicaciones, sin pensar en el futuro. Dejaron a un lado las decisiones difíciles, como dónde vivirían y compaginarían sus vidas. Estaban juntos y eso era lo único que importaba. Estaban conociéndose mejor, estaban uniéndose más por el sexo, cuando, en el pasado, el sexo había sido un fin en sí mismo. Iban de un lado a otro descalzos, incluso desnudos, y Leila cocinaba algo con él abrazándola por detrás. La serenidad de ella lo aliviaba y la comida que cocinaba despertaba el deseo de los dos. No recordaba haber estado tan contento o relajado y no soportaba pensar en renunciar a eso. No podía imaginarse un momento sin ella, pero los dos sabían que ese idilio sin reloj tenía que terminar. Él tenía que resolver algunos asuntos y ella había decidido trabajar hasta el último minuto. Por eso, cuando quedaba menos de una semana para el día de Navidad, la dejó en el museo de camino al aeropuerto.

–Hablaremos cuando vuelva de Nueva York. Hay mucho tiempo.

–Mucho tiempo –confirmó ella poniéndose de puntillas para darle un beso.

Esa semana que habían pasado juntos había creado una confianza nueva entre los dos. Los dos eran fuertes y podían mantener una relación a distancia y sus hijos no sufrirían por ello. Al menos, eso era lo que había creído él hasta que una mañana se despertó en un hotel anodino y nevado y se acordó de Skavanga. Añoraba una cabaña de madera a orillas de un lago y a una mujer que, para él, no tenía igual. Ya había terminado las reuniones y solo podía pensar en Leila dando a luz sola. Nunca le había divertido ir de compras, pero ese día todo era distinto, se sentía feliz fuera donde fuese y había comprado diez veces más de lo que había previsto. Volvió al hotel, preparó el plan de vuelo a Skavanga y estaba volando a última hora de la tarde. Alquiló un Jeep en el aeropuerto y se dirigió hacia la cabaña. No la había avisado. Lo que sentía no permitía términos medios. O era la mayor sorpresa de su vida para ella o era un chasco.

Ella oyó el motor y se asomó a una ventana del piso superior cuando llegó.

–Rafa... ¿Qué estás haciendo...?

–Visitar a una amiga –contestó él dominando sus sentimientos–. Espero que esa amiga no se haya subido a una escalera para poner adornos...

Él intentó, sin conseguirlo, adoptar un aire serio. Estaba deseando verla, abrazarla y besarla.

–Tu amiga ha estado preparando el cuarto de los niños. ¿Qué creías? –preguntó ella mirando por encima del hombro y viendo las escaleras y los botes de pintura.

–Creo que voy a tener que darle unos azotes en el trasero...

–Fantástico. Estoy impaciente. La puerta está abierta.

Ella se arrojó a sus brazos antes de que pudiera entrar en la casa.

–¿Has bajado corriendo las escaleras? –le preguntó él en un tono serio y apartándola un poco.

–No, las he bajado tambaleándome...

A él le dio igual cómo las había bajado, solo le importaba volver a tenerla sana y salva entre los brazos. La abrazó y la besó. Si eso era lo que se sentía al volver a casa, iba a volver todos los días de ahí en adelante.

–¡Te he echado mucho de menos! –exclamó ella.

–Solo he estado fuera unos días...

–Demasiados –le interrumpió ella apoyando la mejilla en su chaquetón.

–Vamos a entrar antes de que te resfríes. Hace mucho frío.

–¿De verdad? –preguntó ella mirándolo a los ojos–. Yo tengo calor.

–No me digas...

Capítulo 14

NO, TÚ no vas a hacer nada, Leila. Tienes que descansar y yo voy a hacerlo todo.

—¿Vas a hacerlo todo? –preguntó ella mientras miraba las bolsas que había llevado Rafa–. ¿No me suena de algo?

—Pero nunca en una cocina...

—¿Sabes cocinar? –preguntó ella riéndose.

—Sí –contestó él cerrando un libro de recetas de un cocinero famoso–. Solo tengo que leer esto y estar atento a los tiempos.

—¿Puedes hacer varias cosas a la vez?

—Te recuerdo que no soy tu hombre típico.

—Entonces, ¿prometes algo más que latas y patatas fritas? –siguió ella sin dejar de reírse.

—Ni latas ni patatas fritas. Comida orgánica recién comprada para la futura madre.

—¿Vas a hacérmelo todo? –insistió ella sin acabar de creérselo.

—Señorita... –él se inclinó con un gesto burlón–. Voy a prepararle la Navidad.

—¿Y qué tengo que hacer yo?

—Quedarte ahí tan...

—¿Tan gorda y fea?

—Tan embarazada y guapa –replicó él abrazándola–. Además, tienes pintura en la nariz.

—Lo siento...

—No lo sientas –replicó él apartándola un poco–. ¿Has

comido mientras estaba fuera? –le preguntó él al verla pálida.

–Claro.

–No me has convencido, pero voy a solucionarlo. Trae una cerveza para mí y un zumo para ti...

–¿Y vas a cocinar? –preguntó ella sonriendo–. Esto tengo que verlo.

–Vas a verlo. Hablando de Navidad, veo que has puesto algunos adornos.

–¿Te gustan? –preguntó ella mirando los adornos típicos escandinavos–. ¿He exagerado?

–La Navidad nunca puede ser exagerada –contestó él con una sonrisa.

Había un pino muy grande con campanillas y banderas a un lado de la chimenea y si bien muchos de los adornos parecían recién hechos, otros estaban un poco maltrechos de tanto usarlos. Los dobladillos de las cortinas, los almohadones y unos mantones que había sobre el sofá estaban bordados con muy buen gusto.

–Los hizo mi abuela –le explicó ella al ver que los miraba–. Los saco muy pocas veces, pero los cambié especialmente para ti.

Había corazones y campanillas en las ventanas y un arreglo con musgo y velas sobre la mesa. Era una decoración muy hogareña que lo emocionaba.

–No va a ser fácil estar a la altura –comentó él mientras se remangaba–. Será mejor que empiece.

–Efectivamente. ¿Quieres un ponche de huevo con la cerveza?

–Creo que debería mantener la cabeza despejada, ¿no?

La abrazó antes de que pudiera contestar.

–Feliz Navidad, Leila Skavanga. ¿Sabes cuánto te amo?

–¿Me amas?

–Sí, claro.

–Entonces, espero que puedas demostrarlo una y otra vez.

–De muchas maneras.

Él la miró a los ojos y se dejó llevar por su expresión serena. La había echado mucho de menos.

–Tus últimas Navidades sin bebés –comentó él mientras empezaba a cocinar–. Aprovéchalas. De ahora en adelante, te esperan las noches en vela.

–Estoy impaciente.

–También habrá mucho trabajo.

–También estoy deseándolo.

En ese momento, quería participar más que nunca y se sorprendió a sí mismo con los tentadores platos que hizo, y todavía faltaba el día de Navidad.

–Quién sabe los milagros que puedo llegar a hacer ahora que ya he aprendido.

–Tan modesto como siempre, Rafa, pero tengo que reconocer que está delicioso.

Leila se rio y él se quedó pensativo.

–A lo mejor debería tomarme la cocina como una profesión.

–No puedes –ella ladeó la cabeza–. Te necesitamos en la mina.

–Entonces, me ocuparé de la cafetería.

–Ni hablar –ella frunció el ceño–. ¿Vas a robarme los clientes del museo? Si la llevaras tú, ninguna mujer saldría de allí.

–Hablando de tu museo, tienes de que dejar de trabajar enseguida.

–Lo dejaré cuando hayan nacido los bebés.

–A lo mejor das a luz durante una de las visitas... Prueba esto, Leila.

–Umm... ¡Delicioso! –exclamó ella antes de volver

al tema–. Ya sabré cuándo tengo que dejar de trabajar, Rafa. Todavía me faltan más de dos semanas.

–¿Yo no tengo nada que opinar? Pues sí. Opino que dejes de trabajar justo después de que celebremos Navidad para que te relajes en Año Nuevo...

–Lo tienes todo pensado, ¿verdad, Rafa?

–Como siempre –contestó él dejando los platos en la mesa.

–Pues yo también –ella apretó los labios con firmeza–. Dejaré de trabajar cuando el cuerpo me diga que deje de trabajar, ni un minuto antes.

–¿Estamos jugando a ver quién se sale con la suya? –preguntó él mientras le servía paella.

–Eso es muy fácil, yo gano. Por cierto, está deliciosa.

–Entonces, ¿reconoces que puedo hacer varias cosas a la vez?

–Reconozco que es un hombre excepcional, señor León, pero eso no significa que tengo que hacer todo lo que diga...

–¿En la cama o fuera de ella?

–Esa es una pregunta rastrera de un hombre muy malo.

–Lo es. ¿Más paella?

–Nunca me cansaría.

–Perfecto. Come y cállate un minuto porque tengo que preguntarte algo muy importante.

–¿Qué haces de rodillas? ¿He tirado algo al suelo?

–Señorita Skavanga... Leila... ¿me harías el honor de convertirte en mi esposa?

Ella se quedó helada y lo miró fijamente antes de masticar a toda velocidad.

–¿Lo dices en serio?

–¿Crees que estaría de rodillas por otro motivo?

–No parece probable –contestó ella con una sonrisa maliciosa antes de arrodillarse enfrente de él–. Rafa León, ¿me harás el honor de convertirte en mi esposo?

–Por el bien de la armonía y la igualdad, sí.

–Te amo –susurró ella mientras él le besaba las manos.

–Y yo te amo a ti, Leila Skavanga.

Epílogo

EMPEZÓ de repente. Leila estaba contándole una anécdota disparatada de su infancia cuando se quedó petrificada.

–Leila...

Él se levantó y rodeó la mesa en un abrir y cerrar de ojos.

–Los bebés... –jadeó ella–. Rafa, llama a una ambulancia.

–Voy a llevarte yo al hospital –replicó él sin alterarse–. Les avisaré de que vamos de camino...

–Rafa... Rafa, no puedo...

Él la envolvió con dos de los mantones del sofá, la levantó y tomó las llaves mientras cruzaban la habitación, pero antes de que llegaran a la puerta ya estaba claro que no iban a ir a ninguna parte. Esa vez, ninguno de los dos podía dominar la situación. Sacó el móvil del bolsillo y llamó al número de emergencias intentando sofocar el miedo. Había hecho frente a cuchillos y pistolas cuando buscaba piedras preciosas por el mundo, pero nunca había tenido tanto miedo. La idea de perderla... Haría lo que fuese por salvarla, pero los bebés no iban a esperar.

–No se retire –le dijo al paramédico mientras iba al cuarto de Leila–. Va a tener que hablarme.

La tumbó en la cama. Ella le tomó una mano y se la besó.

–Me alegro de que estés conmigo, Rafa.

–No te abandonaré ni un segundo, a no ser que el paramédico me diga que vaya a por algo.

La idea de que Leila diese a luz gemelos en una cabaña aislada y sola, por muy acogedora que a ella le pareciese, lo angustiaba por el remordimiento. ¿Y si él no hubiese estado? Debería haber insistido en que se mudase al pueblo. Debería haber contratado a alguien... ¡Diablos! ¡Debería haber llegado antes a Skavanga!

–Rafa...

–Perdona –¡había dicho el exabrupto a gritos!–. No creo que los gemelos puedan oírme todavía.

–Va a ser un padre espantoso si maldices todo el rato –consiguió comentar ella sonriendo.

–Ya soy una pareja espantosa. No sé qué estaba pensando para haberte dejado sola cuando faltaba tan poco para el parto.

–Creíamos que sabíamos cuándo iban a llegar. Fui terca. Te dije que te fueras. Estaba segura de que sabía cuándo iban a llegar.

Los bebés le impidieron seguir hablando. Ellos, como él, estaban impacientes por nacer. Escuchó atentamente los consejos del paramédico.

–Tengo que ir a por algunas cosas, pero vuelvo ahora mismo...

–No voy a moverme de aquí, Rafa.

Ella sonreía valientemente, pero todos los fantasmas del pasado se adueñaron de él. Si la fallaba... Imposible. Le dijo lo que necesitaba para que ella pudiera decirle dónde encontrarlo.

–Toma el teléfono y sigue hablando con el paramédico. Están se camino...

–Podrían no llegar a tiempo, Rafa –replicó ella sin disimular la angustia.

–Pero yo estoy aquí y están viniendo en una ambulancia aérea, no tardarán.

Ella se dejó caer sobre las almohadas y él se dio cuenta de que Leila le había dado un vuelco a su vida. Dio gracias a Dios, pero le dio más gracias todavía cuando oyó los rotores del helicóptero. Andaría sobre cristales rotos por Leila, pero se negaba a plantearse la idea de que podría cometer un error y poner en peligro la vida de Leila o de los gemelos. Lo habría hecho, pero saber que la ayuda médica estaba cerca consiguió que sintiera alegría y emoción por el nacimiento de sus hijos, y no el miedo aterrador que lo había dominado desde que supo que Leila estaba embarazada. Escribió una nota para los médicos, la clavó en la guirnalda que había en la puerta por fuera y subió las escaleras de dos en dos. Aunque no todo estaba resuelto con la rápida llegada del equipo médico. El primer bebé estaba de camino. Cuando los paramédicos llegaron a la habitación, el padre del ese niño tan impaciente ya lo había envuelto en una toalla y estaba dejándolo en los brazos de su madre. Se retiró inmediatamente y dejó que los profesionales hiciesen su trabajo.

–Rafa, estás maravillosamente tranquilo –consiguió susurrar Leila mientras el segundo gemelo llegaba al mundo–. Yo no habría podido hacerlo sin ti.

–Seguramente, sí habrías podido, pero me alegro de que no lo hayas tenido que hacerlo –murmuró él mientras los paramédicos comprobaban el estado de su hija–. Además, creo que ninguno de los dos teníamos elección. Estos bebés iban a llegar cuando ellos decidieran que era el momento adecuado, con nuestro consentimiento o sin él.

–Feliz Navidad, Rafa –murmuró ella mientras la subían a una camilla.

–Feliz Navidad, modosita.

Se miraron con amor y tranquilidad. Ella le había dado el hogar que siempre había anhelado y estaba más segura de sí misma cada minuto que pasaba. Había resultado ser tan enérgica como sus hermanas, un auténtico Diamante de Skavanga, como Britt y Eva, pero, para él, Leila era la joya de la corona.

Bianca

¿Qué daño podía hacerles permitirse un poco de placer en el paraíso?

Al parecer, Jamie Powell era la única mujer que no caía rendida a los pies de Ryan. Ella era consciente de la reputación de mujeriego de su jefe... ¡pues comprar regalos de consolación a sus ex formaba parte de su empleo como secretaria!

Con el pretexto de trabajar durante las vacaciones, Ryan la invitó al Caribe, esperando que ella cambiara su serio uniforme laboral por un diminuto biquini...

Ardiente deseo en el Caribe

Cathy Williams

Acepte 2 de nuestras mejores novelas de amor GRATIS

¡Y reciba un regalo sorpresa!

Oferta especial de tiempo limitado

Rellene el cupón y envíelo a
Harlequin Reader Service®
3010 Walden Ave.
P.O. Box 1867
Buffalo, N.Y. 14240-1867

¡Si! Por favor, envíenme 2 novelas de amor de Harlequin (1 Bianca® y 1 Deseo®) gratis, más el regalo sorpresa. Luego remítanme 4 novelas nuevas todos los meses, las cuales recibiré mucho antes de que aparezcan en librerías, y factúrenme al bajo precio de $3,24 cada una, más $0,25 por envío e impuesto de ventas, si corresponde*. Este es el precio total, y es un ahorro de casi el 20% sobre el precio de portada. !Una oferta excelente! Entiendo que el hecho de aceptar estos libros y el regalo no me obliga en forma alguna a la compra de libros adicionales. Y también que puedo devolver cualquier envío y cancelar en cualquier momento. Aún si decido no comprar ningún otro libro de Harlequin, los 2 libros gratis y el regalo sorpresa son míos para siempre.

416 LBN DU7N

Nombre y apellido	(Por favor, letra de molde)
Dirección	Apartamento No.

Ciudad	Estado	Zona postal

Esta oferta se limita a un pedido por hogar y no está disponible para los subscriptores actuales de Deseo® y Bianca®.
*Los términos y precios quedan sujetos a cambios sin aviso previo.
Impuestos de ventas aplican en N.Y.

SPN-03   ©2003 Harlequin Enterprises Limited

IDILIO EN EL BOSQUE

JANICE MAYNARD

Hacer negocios todo el tiempo era el lema del multimillonario Leo Cavallo. Por eso, dos meses de tranquilidad forzosa no era precisamente la idea que tenía de lo que debía ser una bonificación navideña. Entonces conoció a la irresistible Phoebe Kemper, y una tormenta los obligó a compartir cabaña en la montaña. De repente, esas vacaciones le parecieron a Leo mucho más atractivas.

Pero la hermosa Phoebe no vivía sola, sino con un bebé, su sobrino, al que estaba cuidando de forma temporal. Y a Leo, sorprendentemente, le atrajo mucho jugar a ser una familia durante cierto tiempo.

Se refugiaron el uno en el otro

No podía rechazar aquel regalo de Navidad…

Niccolò da Conti tenía todo
lo que un hombre podía desear: dinero, coches, un
emporio empresarial… Sin
embargo, al volver a ver a la
sugerente Alannah Collins
sintió que se despertaba de
nuevo su vena más posesi-
va. Decidió contratarla, seducirla y tacharla de su lis-
tado de deseos de una vez
por todas.

Alannah conocía el peligro
de trabajar demasiado ínti-
mamente con el sensual si-
ciliano, pero habría sido una
necia si hubiera rechazado
la ayuda que él le brindaba
para lanzar su propio nego-
cio. Niccolò trataba implacablemente de seducirla.
¿Podría impedir que él descubriera la verdad que llevaba tanto tiempo esforzán-
dose por ocultar?

Objeto de seducción

Sharon Kendrick